高槻は、おとなしくなった涼の首輪を嵌め、リードをベッドの脚に繋ぐと、躰を仰向けに横たえさせた。そして、はだけたバスローブを肩から剝がし、拘束された憐れな裸身を眼下に置きながら、その下肢を左右に大きく割り開いた。

イラスト／小路龍流

サクリファイス
―犠牲―

河野 葵

◆
◆
◆
◆
◆
◆
◆

HYPER H

＊

「――海を見にいかないか？」

その日、突然兄が言った。

十月の肌寒い日曜日だった。空は、朝から薄い雲に覆われていた。

こんな天気の日になぜ海へ行こうなどと思ったのか。いや、それよりも、なぜ自分を誘おうと思ったのか。

少年は、微かな驚きと戸惑いを覚えた。同じ家に暮らしながら、ここ何年も、兄とはまともに話をしたことがなかった。

一瞬、露骨に眉を顰《ひそ》める両親の顔が目に浮かんだ。両親は、少年が兄に近づくことを快く思っていなかった。

三つ違いの兄は、幼い頃から何をやらせても人より秀で、周囲の期待と関心を一身に集めていた。

少年も、決してできが悪かったわけではなかったが、兄には非の打ちどころがなさすぎた。張り合おうとしては、兄の足許にも及ばない自分を思い知らされ、そして、成長とともに根深くなっていくその劣等感は、少年を卑屈で反抗的な子供に変えていった。中学の時に病気で留年してしまうと、少年の心はますます荒み、悪い仲間と遊び回るようになった。そんな少年を、両親が兄から遠ざけようとしたのも無理からぬ話だった。少年の家は代々法曹界に携わってきた由緒ある家柄で、そして、兄は、今は政治家となった父の大事な後継者だった。

だが、両親の懸念とは関係なく、もとより少年は、兄とは隔たりを置いていた。少年にとって、兄は、もうとうに遠い存在だった。

兄は、返事に窮する少年に、静かに微笑みながら言った。

「いやなら無理にとは言わないよ」

少年は、首を横に振った。「いいよ」と答えた。

兄の誘いを断ってはいけないような気がした。兄の笑顔が、やけに寂しげで、何か物言いたげに見えたのだ。

だが、のちに少年は、自分のその判断を激しく後悔することになった。

あの時、「いいよ」と言わなければ。海に行かなければ――。

海は、空と同じ色をしていた。

風は冷たく、それから襲いくる嵐を予感させるかのように波はさざめいていた。

兄は、誤って岩場から落ちた少年を助けようと、波の荒く、冷たい十月の海に飛び込んだのだ。激しい水流に飲み込まれながら、少年は、自分に向かって泳いでくる兄の姿を見た気がした。そして、沈んでいくばかりだった躰が、不意に水流に逆らい、上昇していくのを感じた。

気がつくと、少年は、海面からわずかに顔を出した岩の上にしがみついていた。

「……兄さん？」

少年は、岩にしがみつきながら辺りを見回した。薄暗い空を映した灰色の海原が、ゆらゆらと揺れていた。

少年は戦慄した。水の中で、彼の躰をつかまえていたはずの兄の姿を探した。何度も探した。そして、悲鳴のように叫んだ。

「兄さんッ!!」

だが、何度呼んでも、兄の声は返ってこなかった。

海は、少年の代わりに兄をさらっていった。

兄は、二十歳の誕生日を迎えたばかりだった。

1

石造りの瀟洒《しょうしゃ》な正門から、生徒達がぽつりぽつりと出てくるのが見えた。

左胸にエンブレムの入った濃紺のブレザー。胸元には青色のタイと、チェックのボトム。名門・私立城北学園高等部の制服に身を包んだ、見るからに毛並みのよさそうな少年達。

鴻上《こうがみ》涼《りょう》は、校門の手前で車を停め、運転席を降りると、一学期の中間試験を終えて、心なしか晴れ晴れとした顔をしている彼らの一人一人に目をやった。

涼は、彼らの中に弟の姿を探していた。弟は、城北学園高等部の一年生だった。

校門から出てきた少年達は、涼にちらりと視線を向けたが、さして興味を引かれた様子もなく、通り過ぎていった。

良家の子息の多いこの学園では、登下校の送り迎えをするお抱え運転手の姿は珍しくなく、チャコールグレーのスーツを着た涼も、おそらくその一人だと思ったのだろう。

涼は、車に背を預けながら、注意深く校門のほうに視線を置いていた。

間もなくして、待っていた顔が校門から出てきた。涼は、車から背を起こした。

「──健史《たけし》」

声をかけると、少年は一瞬、きょとんとした顔で振り返った。そして、その表情は、車の横に佇み、小さく手を挙げる涼の姿をみつけた途端、大きな驚きの色に変わった。

「兄さん!?　どうしたの!?」

一緒にいた友人らしき少年達を置いて、鴻上健史は涼に向かって駆け寄ってきた。その声には、意表を突かれた驚きと、喜びが入り混じっている。

あまりに嬉しそうな健史に、涼はいささかすまなそうに苦笑いを浮かべながら言った。

「Tホテルまで連れてくるように言われてね」

「Tホテル？」

「今日で中間試験、終わりなんだろう？　久し振りに一緒に昼食を食べよう、ってさ」

すると、思ったとおり、健史の喜色は見る間に曇ってしまった。

「……なんだ、父さんに頼まれてきたんだ」

「頼子《よりこ》さんも、先に向こうに行って待ってるよ。久し振りだろう？　家族揃って食事するのなんて。父さん、ずっと忙しかったから」

「家族揃って──ってことは、兄さんも一緒？」

「いや。俺はお前を送ったら、事務所にとんぼ返りだ。まだ仕事が残ってる」

「じゃあ、まだ昼休みは取れないってこと？」

涼が首を縦に振ると、健史は不服そうに唇を尖らせた。

「なんだよ、それ。仕事って、どうせ父さんの雑用でしょ？　父さんがホテルで呑気に食事してて、兄さんだけ仕事なんて、おかしいよ」

少年の罪のない怒りに、涼はただ微笑むことしかできない。

健史は知らない。父の言う「一緒に」の中に、最初から涼は含まれていないことを。

涼は、国会議員である父、鴻上俊之《としゆき》の第二秘書を務めていた。

常に俊之のそばで、俊之の手足となって働いていたが、仕事以外で俊之が涼に関心を向けることはない。俊之の愛情は、頼子――後妻との子である健史にのみ向けられていた。

涼には、健史のように父に愛され、可愛がられた記憶はない。

「秘書なんてみんなそうさ。雑用が仕事なんだ。さ、早く乗りなさい」

穏やかにそう返しながら、涼は、車の後部座席のドアを開けた。

健史は、納得のいかない顔をしながらも、後ろを振り返り、校門の前に置いてきた友人達に「ごめん。用ができた」と声をかけると、再び涼に向き直った。

「……助手席《となり》に乗っちゃ駄目なの？」

遠慮がちに尋ねる健史に、涼は、小さく首を竦めてみせた。

「仕事中じゃなかったらな」

彼は今、健史の兄ではなく、俊之の秘書だった。そして、健史は今、涼の弟ではなく、涼の仕える代議士の大事な息子だった。

健史は、またしても不服そうな顔をしていたが、素直に後部座席に座った。涼はドアを閉め、運転席に乗り込むと、車を発進させた。

通りにいた城北学園の生徒の姿が、見る間に小さくなっていった。

「……どうせだったら、兄さんと食事したかったな」

健史が憮然としながら呟いた。

「兄さんと会うのだって久し振りなのに。最後に会ったのいつか、覚えてる？」

「さあ……」

「四月だよ。兄さん、父さんの秘書になってから、全然本宅《うち》に来なくなった」

涼は、ちらりとルームミラーに目をやった。つまらなさそうに窓の外を眺めている、父によく似た端正な顔が映っていた。

「——お前の誕生日には行くよ」

涼がそう言うと、健史が、ふと顔をこちらに向けた。

「来月だったろう、誕生日」

「うん。十一月十日。来てくれるの？」

「ああ。遅くなっても構わなければ」

途端に健史は顔を輝かせ、リアシートから身を乗り出した。

「そんなの全然構わないよ。来てくれるなら、俺、何時まででも待ってるから」

「なんだよ、いきなり元気になって」

「だって、嬉しいんだもん」

「兄貴が誕生日パーティーに来ることが？」

「うん」

「高い物、期待してんだろう」

「違うよ。プレゼントなんかなくても、俺、兄さんが来てくれるだけでいいんだ」

そう言って、健史はルームミラーの中で本当に嬉しそうに笑った。

だが、涼は、その言葉にも、その笑顔にも何も返さなかった。

健史は、五年前に鴻上の家にやってきた。

後妻の頼子は、俊之が代議士になる前――まだ法務省の役人だった頃からの愛人だった。俊之は、正妻である涼の母に愛情を感じていなかった。妻と別れるとすぐに、頼子を、間に産まれた健史とともに鴻上の家に迎え入れた。五年前――涼が高校三年、健史が小学校五年の時だった。

今年の春、大学卒業と同時に鴻上の本宅を出るまで、健史と一緒に暮らしてきたが、この八つも年の離れた弟を、自分に憧憬にも近い感情を抱く少年を、涼は複雑な思いでみつめていた。

健史は、涼が欲しかったもの、すべてを持っていた。利発で、素直で、誰からも愛され――涼が、かつてそうありたかった〝弟〟そのものだった。

涼は、自分を慕う健史を可愛いと思うと同時に、彼のその素直さが妬ましく、そして、その無邪気さが疎ましかった。


健史を送り届けて、涼が永田町の議員会館内にある鴻上の事務所に戻ると、てっきりTホテルに行っているものとばかり思っていた俊之が、第一秘書の小早川《こばやかわ》と執務室から出てきた。

「――行ったか？」

俊之は、涼の姿を見るなり言った。

「はい。学校から直接Tホテルにお送りしました」

「何か言っていたか？」

「いいえ」

「そうか」

久し振りに一緒に食事ができるということで健史が喜ぶことを期待していたのか、少し落胆したように溜息をつくと、俊之は、左手首に嵌めた腕時計をちらっと見た。

「すぐ向かわれますか？　頼子さんも、すでにお待ちになっていましたが」

よそよそしくすらある、礼儀正しい口調で涼は尋ねた。他の秘書やスタッフの手前もあったが、もともと父親と打ち解けた会話をしない涼には、こうした事務的な態度で接するほうが楽だった。

「ああ、すぐに行く。それで、迎えは小早川に頼むから、お前は昼食を摂った後、Kホテルへ行って、大東《だいとう》新聞社の副社長に会ってきてくれ。二時に約束をしてある」

「は？　大東新聞社、ですか？」

思わず涼は聞き返した。

今まで俊之に何を命じられても、驚いたり、怯んだりすることはほとんどなかったが、その名前にだけは、そう聞こえた自分の耳のほうを疑いたくなった。

大東新聞と言えば、発行部数一〇〇〇万部を誇る日本でトップの大新聞社だ。子会社に、テレビ、ラジオ局を持ち、〝メディア王〟と称される社長・高槻義明《たかつきよしあき》の影響力はあらゆる分野に及ぶ。それは、政界も例外ではない。高槻とかねてから交流のあった、現・首相の××は、総裁選挙の時も、××内閣発足後も、高槻一族率いる大東新聞社に大プッシュされている。子会社のRテレビでも、えげつないワイドショー番組ですら、××内閣批判はタブーとされ、「××は、大東新聞に首相にしてもらった」と囁かれるほどだった。

「聞き返したくなる気持ちもわからないでもないけどな」

呆然としている涼に、俊之が苦笑する。

「その大東新聞社の副社長がうちにコンタクトを取ってきた」

「大東新聞社のほうからですか？」

涼は、驚いた顔で俊之の横に立つ小早川に目をやった。十年以上も俊之に仕えてきた第一秘書は、表情一つ変えず、こくりと頷いた。

「新しく副社長に就任した高槻征一《せいいち》氏の秘書の方からお電話を頂きました」

「征一氏は、高槻社長の嫡男だ。公にはされていないが、高槻社長が今、病床にあることは知っているな？」

「はい」

涼は頷いた。

直接的な繋がりはなくとも、党内の最大派閥よりも影響力を持つ存在として、大東新聞社の情報はちゃんとつかんでいる。

高槻義明は現在、過労で長期の休養を取っているということになっているが、実はかなり重い病であるらしい。退任の噂も囁かれ、トップ交代のシナリオが着々と進められていると聞く。義明が倒れた後、副社長の佐々木正幸《ささきまさゆき》が代行していたが、海外にいた長男の高槻征一が急遽、帰国し、新副社長に就任した。征一を日本に呼び戻したのは、征一の祖父であり、大東新聞社の会長である高槻圀光《くにみつ》だった。どうやら彼は、孫の征一に、のちのち会社を引き継がせる心づもりのようだ。佐々木の経営手腕も定評があるが、大東新聞社をここまで大きくしたのは、高槻一族だという自負が圀光にはある。

「この先、高槻社長に万が一のことがあれば、次に実権を握るのは間違いなく征一氏だろう。浅ましいかな、今、政界の誰もが一番お近づきになりたいと思っている人物だ。――俺が、何を言いたいかわかるな」

「はい」

知らず、涼の声は硬くなる。

俊之は、この機会に高槻征一と懇意になり、大東新聞社をバックにつけたいのだ。

「くれぐれも失礼のないようにな」

俊之の口調は、いつになく厳しいものに感じられた。

だが、この時の涼には、その言葉に込められた本当の意味を知ることができなかった。

2

涼は、釈然としないものを感じていた。

天下の大東新聞社が、なぜ突然俊之にコンタクトを取ってきたのか？

鴻上の家は、法曹界に携わってきた人間が多い。涼の祖父は裁判官、叔父は弁護士、そして、俊之もかつては法務省にいた。その鴻上家の持つ法曹界の人脈と影響力に、今更、大東新聞が目をつけたとでも？

だが、鴻上家と繋がったところで、一〇〇〇万部メディアの大東新聞に、どれほどのメリットがあるというのだろう？

俊之は、何の疑問も感じなかったのだろうか？　いや、涼が不可解に感じるものを、俊之が感じていないはずがない。なら、すんなり自分を高槻のもとへ差し向けたということは、俊之には、大東新聞社の狙いがわかっているということなのか？

もしかすると、自分の知らないところで、すでに俊之と高槻との間で何らかの約束が取り交わされているのかもしれない。

（くれぐれも失礼のないようにな）

高槻との対面に、不安と緊張を覚えながら、Ｋホテルの静かな廊下を歩いていた涼は、三〇一二号室の前で足を止めた。

ドアに向かい、緊張を解こうと肩で深く息を吐く。

このドアの向こうで、どんな話が待っていたとしても、俊之の秘書として涼がしなければいけないことは、鴻上俊之と高槻——ひいては大東新聞社との繋がりを確固たるものにすることだ。

涼は、ドアの横のチャイムを鳴らした。

間もなくして、ドアが開き、中から一人の背の高い青年が現れた。

高槻の秘書だろうか。青年は、涼よりわずかに年上——二十代後半に見えた。精悍で、端正な顔立ち。理知的な目許は、どことなく気難しそうで、突然の訪問客を訝るように——いや、探るように凝視していた。

一瞬、涼の頭を、部屋を間違えたか？　という不安がよぎった。青年は、スラックスにワイシャツ姿ではあったが、ネクタイはなく、秘書にしては寛いだ恰好だった。その上、自分をみつめる青年の眼差しはあまりに冷ややかで、思わず言葉を失ってしまっていると、次の瞬間、青年はドアを大きく開け、「お待ちしてました。どうぞ」と言った。

「え？　あ、はい……失礼します」

戸惑いながら、涼は小さく頭を下げ、青年の後について部屋の中へ入っていった。

「お待ちしてました」ということは、部屋を間違ったわけではないのか？

通された部屋はスイートルームだった。が、要人が泊まる部屋にしてはシンプルに思えた。

「どうぞ、おかけになってください」

勧められたソファーに目をやると、テーブルの上には、飲みかけのワイングラスが一つと、チーズの載った皿が置いてあった。軽い食事を取っていた最中のようだった。

涼は、さり気なく辺りを見回した。部屋には青年以外に誰かいる様子はなかった。

青年が、どこからか空のグラスとワインボトルを持ってきて、ソファーに座った。

「……あの——失礼ですが、ここは、高槻副社長のお泊まりになっているお部屋では？」

おずおずと涼は尋ねた。すると、青年は、ふと顔を上げ、きょとんとしながら涼を見た。

「……はい。高槻は俺ですが？」

瞬間、涼は大きく目を瞠《みは》り、ぴんっと背筋を伸ばして、深々と頭を下げた。

「しっ、失礼しました！　あ、あまりにお若いので——」

いきなりの失態に動転しながら、慌てて名刺を取り出す。

「あ、あの……私、鴻上俊之の代理で参りました、秘書の鴻上と——」

　すると、高槻はまるで気にする様子もなく、涼の差し出した名刺を受け取りながら、拍子抜けするほどあっけらかんと返した。

「ああ、いいですよ。いつものことですから。気にしないでください」

「は？」

「若い、という以前に、俺にはもとから副社長らしさがありません。秘書にもよく注意されます。『もっと副社長然としていてください』ってね」

「はぁ」

「けど、〝副社長然と〟と言われても、俺は会社に勤めた経験がありませんから、どうしたらいいのか、さっぱりわかりません。そもそもスーツが苦手です。どうも堅苦しくて……」

　そう言って高槻は、うんざりした様子で肩をすぼめた。だが、一七四センチある涼より、おそらく十センチ近くは高いだろう高槻の、すらりと伸びた長い手脚と広い肩、そして、ストイックな面差しは、その堅苦しそうな恰好ほど似合いそうに思えた。

「そうですか。けれど、スーツ、よくお似合いになると思いますが――」

　思わず、涼はそう口を滑らせていた。すると、高槻は目をぱちくりさせ、それから、ふっと微笑をこぼした。

「そんなことを言われたのは初めてです。お世辞でも嬉しいですよ。ありがとう」

「い、いいえ、お世辞などではありません。本当にそう思ったもので――。申し訳ありません。余計なことを言って」

涼は、おろおろしながらまた頭を下げた。無愛想だった高槻の顔が、ふと和らいだのを見た時、なぜか頬が赤らむ気がした。

「そう畏《かしこ》まらないで、どうぞ座ってください」

「はい。失礼します」

涼は、恐縮しながらソファーに腰を降ろした。すると、高槻は、持ってきたグラスにワインを注ぎ、涼の前に置いた。

「飲めるのでしたら、つき合ってください。頼んだのはいいのですが、一人で飲むのはどうも味気なくて。――それとも、コーヒーのほうがいいですか?」

「いいえ、ワインで結構です」

仕事中にアルコールを口にすることに抵抗がなくはなかったが、己の失態の体裁の悪さから、勧められたものを断わるに断われず、涼は目の前に置かれたワイングラスを取った。

「じゃ、遠慮なく戴きます」

高槻が微笑を返しながら、自分のグラスを軽く上げてみせた。

「どうぞ」

涼は、グラスの中の赤い液体を口に含み、ゆっくりと嚥下《えんか》した。だが、香りも、味も、味わうことなどできなかった。

彼は、ひどく緊張していた。

確かに最初は、目の前にいるこの青年が大東新聞社副社長の高槻征一だとは思わなかった。それは、高槻征一個人のデータがなかったせいで、自分の中にあった〝副社長〟のイメージで彼を想像していたからだ。高槻自身が言うように、彼は副社長らしくはない。だが、かと言って、彼が凡庸な人物かと言ったら、そうではない。

こうして向かい合っているだけで、高槻の放つオーラのようなものに涼は気圧《けお》されそうになる。

どれほどの経営手腕の持ち主なのかは知らないが、この青年は、金や、権力や、親の威光に頼らなくても、人の上に立つことのできる人物なのかもしれない。だが、その圧倒的な存在感に加え、涼を落ち着かなくさせていたのは、時折、高槻の浮かべる微笑だった。気難しそうな怜悧な目許が、ふとした瞬間に綻ぶと、涼は胸の波立つのを意識しないではいられなかった。

無愛想でいながら、高槻には、人を惹きつける不思議な魅力があった。

そして、涼には、そんなふうに他人に心を揺さぶられることが、彼の記憶している限り、初めてだった。

だが、そんな自分が――高槻の表情一つにどぎまぎしている自分が気恥ずかしく、なんとか気持ちを落ち着かせようと、彼は味のわからないワインを続けざまに喉へと流し込んだ。

「――代議士秘書になられて長いんですか？」

凉の動揺など少しも気づいていない高槻が、彼の向かいで、グラスを口許に運びながら、尋ねてきた。

凉は、はっと目を上げ、努めて落ち着いた口調で答えた。

「いえ、今年の四月に事務所に入ったばかりです」

「大学卒業してすぐ？」

「はい」

「感心ですね。そんなに早くから、お父上の仕事を手伝っているなんて」

「いえ、手伝っていると言えるほど、まだ大した仕事は――」

言いながら、凉は、ふと妙なことに気がついた。

自分が俊之と親子であることを、高槻はいつ知ったのだろう？

姓が同じだから、そう思ったのか？　それとも、秘書か誰かから、前もって知らされていた？

不意に話をやめた凉を、高槻が怪訝そうに見た。

「どうかしましたか？」

「い、いいえ、別に」

涼は慌ててかぶりを振ると、話題を変えた。

「……そう言えば、高槻副社長は、ずっと海外にいらっしゃったとか？」

「ええ。ここ二年間はロンドンで仕事をしていました。でも、ずっと行きっ放しというわけではなかったんですよ。時々、日本に帰ってきてましたから。ただ、家や、会社には寄りつきませんでしたけど」

そう言って、高槻はグラスの中のワインを飲み干すと、ボトルから自分のグラスと、涼のグラスにワインをつぎ足した。涼は、小さく礼を返した。

「そうでしたか。ロンドンでは、どういったお仕事を？」

「画家です」

涼の顔に小さな驚きが浮かぶ。それを認めて、高槻が静かな――涼を落ち着かなくさせる――微笑をこぼした。

「意外ですか？」

「え、ええ」

涼は、つい正直に頷いた。確かに、気難しそうなところは、いかにも芸術家だったが、仮にも大東新聞社の御曹司が画家になっていたなど、想像もしていなかったし、何より、それを世襲にこだわる高槻一族が赦していたことが意外だった。

だが、目の前の青年は、涼の答えに気を悪くした様子もなく、微笑を浮かべながら彼をみつめていた。涼は、またしても鼓動の高鳴りと喉の渇きを覚え、つぎ足されたワインを飲んだ。

高槻が言った。

「――親の跡を継ぐのだけはいやだったんです。幼い頃から、大東新聞社の後継者として徹底した英才教育と、帝王学を叩き込まれ、最初は自分でもそのつもりでしたが、次第に、親の敷いたレールの上に乗って何が楽しいんだろう、と思うようになって……。高槻が創った会社だからって、何も必ず高槻が継がなくてもいいでしょう。能力のある人間が上に立てばいい。だから、高校を出ると、すぐにスペインに渡りました」

「スペイン、ですか？」

涼は、ふと引っかかるものを覚えた。以前にも、その場所を口にした人がいたような気がした。だが、それが誰だったのか思い出せず、彼はそのまま高槻の話に耳を傾けていた。

「ええ。絵の勉強がしたかったのと、〝高槻〟から逃れたかったので。ロンドンに落ち着くまで、ヨーロッパ中を転々としながら絵を描いていましたが、〝高槻〟を名乗ることはありませんでした」

「……どうりで、〝海外にいる高槻征一氏〟の情報が、入ってこないわけです」

「絵描きの自分と、〝高槻の御曹司〟は、別人のつもりでいましたからね」

「では、今回、日本に戻ってきたということは、もう絵はおやめになったということですか？」

「いえ、別に絵をやめたというわけではありません。描くものさえあれば、絵はどこにいても描けますから。今回、俺が日本に戻ってきたのは、父が倒れたのもありましたが、実は、会いたい人がいたからなんです」

それもまた、涼には思いがけない答えだった。

そして、相手のプライベートなことを詮索してはいけないとわかっていながらも、涼は尋ねずにはいられなかった。極度の緊張とワインのせいで理性的な判断ができなくなっていたからか。それとも、この目の前の美しい男のことをもっと知りたかったからなのか。

「……会いたい人、とは？」

「高校時代のクラスメイトで、よく絵のモデルになってもらった人です。高校卒業後、ずっと連絡を取っていなかったもので」

「それで、お会いになったのですか？」

高槻はかぶりを振った。

「いいえ、会うことはできませんでした。彼は亡くなっていましたから」

涼は、高槻にその答えを言わせてしまったことを後悔した。

高槻の端正な顔には、沈痛な翳りが落ちていた。

「……そうでしたか。それはお気の毒――」

「七年前、海で溺れた弟を助けようとして亡くなったそうです」

高槻がそう告げた瞬間、涼の表情は凍りついた。

七年前……海……溺れた弟……。

――まさか……。

涼は、ゴクッと固唾を呑み、まじろぎもしないで高槻を凝視した。心臓が、まるで早鐘のように激しく脈打っていた。

高槻の唇が静かに動いた。

「彼とは城北学園の高等部で一緒でした。聡明で美しい少年だった。名前は、鴻上俊《しゅん》。――そう、あなたのお兄さんです」

涼の顔から、スーッと血の気が引いていった。

い、い、い、い、い、い、い、
あなたのお兄さんです。

(――海を見にいかないか？)

遠い日の記憶。網膜に焼きついたままの灰色の海。誰もいない海。――躰を戦慄が走り抜けた。

「高校を卒業してから八年の間、俺は、彼が自分の選んだ道を真っ直ぐ歩いているものと思っていました。幸せに暮らしているものと思っていました。それが、もうこの世にいなかったとは――」

「……」

「俊が助けようとした弟というのはあなたですね？　鴻上涼君。俊は、あなたの代わりに死んだのですね？」

涼を見る高槻の目が冷たい光を帯びていく。

涼は、寒くもないのに自分の躰がガタガタと小刻みに震えていることに気がついた。ソファーから立ち上がって、逃げるようにその場から辞去しようとした。――と、不意の眩暈が彼を襲った。脚がもつれ、涼は崩れ落ちるようにカーペットの上に膝をついた。

一瞬、何が起こったのかわからなかった。躰が思うように動かない。

知らぬ間に、何かが、遅効性の毒のように体内をじわじわと浸食し、彼の躰の自由を奪っていた。涼は、まさか、という思いでテーブルの上に目をやった。

そこには、ワインボトルと、ついさっきまで二人が飲んでいた二つのグラスがあった。一つは、ほとんど空になった涼のグラス。もう一つのグラスは、一緒にボトルからつぎ足されたはずの高槻のグラスの中は――そのままだった。

――ああ……。

大きく見開かれた涼の瞳に、ソファーから立ち上がり、ゆっくりとこちらに近づいてくる高槻が見えた。

「それほど強い薬じゃないから心配いらない。ほんの数時間、手脚の自由が利かなくなるだけだ」

涼に対する慇懃《いんぎん》な態度を捨てた高槻の声は、ゾッとするほど無表情だった。

「どう…して……」

愕然と、涼は高槻を見上げた。

「高校時代、俊は時折、弟の話をしてくれた。三つ違いの弟は、兄とは正反対だった。おそらく、優等生の兄と、兄ばかりを可愛がる両親に反発していたのだろう、素行の悪い連中と遊び回り、幾度も補導されては、親の顔に泥を塗り続けた。その弟が代議士秘書になり、父親の事務所で働いていると知った時、俺はしばらく信じることができなかった……」

「……」

「……更生したつもりか？　それで、君は俊に取って代わった気でいるのか？　俊が進むはずだった道を、俊が手に入れるはずだったものを奪い取って――俊を、殺して」

高槻は、自分の脚では立ち上がることもままならない涼を、腕をつかんで強引に引き起こすと、彼の背広の襟につけられた公設秘書のバッジを忌々しげにむしり取った。

高槻の向ける、静かな、だが激しい怒りに、涼は、ただ怯えたように弱々しくかぶりを振ることしかできなかった。

高槻が俊之にコンタクトを取ったわけ。自分だけがこの部屋に寄越《よこ》されたわけ。そして、ドアを開け、涼を見た瞬間の、高槻の冷ややかな眼差し。

知っていた、高槻は。涼が鴻上 俊の弟であることを。涼のせいで、兄が命を落としたことを。知っていて――いや、知っていたから、涼を呼んだ。

七年が過ぎた今でも、兄を忘れられない人がいる。兄の代わりに生きている自分を赦さない人がいる――。

「――君のせいで俊は死んだんだ。俊の未来を奪っておいて、自分だけ幸せになろうなんて、そんなことが赦されると思うかい？」

涼の躰を抱き支えながら耳許にそう囁くと、高槻は、テーブルの上から薬の入ったワインのボトルを取った。

毒々しい赤い液体をボトルの口から直接口に含み、涼の顎をつかんで上向かせる。

口移しで口中に満たされる芳醇な毒酒を、昏《くら》い憎しみの光を宿した瞳に射抜かれながら、涼は込み上げる哀しみとともに飲み下した。

高槻の腕に抱き抱えられながら、涼はベッドルームへ連れていかれ、キングサイズのベッドの上に倒された。

薬のせいで、躰は思うように動かず、意識は朦朧としていたが、高槻が自分に何をしようとしているのかはわかっていた。

ベッドの上を自由の利かない手足で這いずりながら、涼は必死に逃げようとした。だが、高槻の腕が難なくそれをつかまえ、その弱々しい抵抗を愉《たの》しむかのように、背後からゆっくりと背広のボタンに手をかけた。

「こんなものを着てエリート気取りか。君には似合わないよ」

「い…いやだ…っ……やめてください……」

涼は、高槻の腕を振り切ろうともがいた。が、自分の躰がもはや自分の意思ではどうにもならないことを思い知っただけだった。

背広を脱がされ、ネクタイを抜き取られ、ワイシャツまでも剥ぎ取られながら、なおもベッドの上を這い上がり、ヘッドボードにつかまろうとしたが、またしても敢えなく高槻の腕に捉えられた。

高槻は、涼の緩慢な動作が、無駄な足掻《あが》きがおかしいのか、涼の背中で声をたてずに嗤《わら》いながら、剥ぎ取ったワイシャツを床に放り投げた。そして、後ろから涼の躰を抱きしめたまま、顎をつかんで顔だけを振り向かせた。

「……やっぱり兄弟だな。よく似ている」

涼の顔の造作を視線でなぞるようにみつめながら、高槻は苦々しく口許を歪める。

「目許、鼻、唇、そして、顎の形――。俊も生きていたら、きっと君のような美しい青年になったんだろう」

「あ、あなたは……あなたは、いったい兄と――」

狂気さえ感じる昏い瞳から目を逸らせぬまま、凉は震える声で問うた。

ふと、高槻の口許から笑みが消えた。

「……愛していた」

「え……？」

「俊は、俺の恋人だった」

凉は、心臓を鷲づかみにされた気がした。

だが、ショックなのは、あの真面目だった兄が秘かに同性と愛し合っていたことか。それとも、この美しい男が兄を愛していたことか。

凉が言葉を失っていると、高槻の手が顎から離れ、今度は喉をつかまえた。男にしては華奢な喉を、長い指がやんわりと絞めつけ、徐々に力を込めていく。

凉は苦しげに眉を寄せ、呻いた。

「……なら……っ……どうして……今になって――……」

高槻の肩が自嘲気味に揺れた。

「振られたんだ、八年前。俺は俊を一緒にスペインへ連れていこうとした。だが、彼はそれを拒んだ。彼には、俺のように家を捨てることが、親の期待を裏切ることができなかった」

「……」

「俺は、彼を諦めようとした。忘れようとした。だが、できなかった。だから、戻ってきたんだ。彼に会うために。けど、遅すぎた――」

不意に、高槻の手が後ろから涼の裸の胸に滑り落ちた。

「あ……」

「――俊は、ここが好きだった。君は？」

高槻は、涼の胸をまさぐり、左の乳首を指先で摘むと、むしり取らんばかりに強く抓《つね》った。

涼の躰に、ビクッと震えが走った。

「やっ、やめて…っ……いやだ……いや…っ……」

かぶりを振りながら、涼は抗いの声をあげる。が、高槻は片手で彼の感じやすい乳首を刺激しながら、もう片方の手を彼の下肢へと伸ばした。手早くベルトを外し、スラックスのファスナーを降ろすと、下着の中に右手を潜り込ませ、直接涼を握りしめた。

涼は狼狽した。

「や、やめッ……あぁ――…」

高槻のしなやかで、慣れた指先が、巧みに涼を弄び始めた。

逃げようにも、薬で四肢の自由が利かない上に、背後から高槻の躰に組み敷かれ、涼はわずかな身動《みじろ》ぎもままならない。それに、躰は自分の意思とは切り離されてしまったというのに、感覚だけが消えない。

絡みつき、揉み扱く高槻の指。そうして涼を弄ぶ間も、左の指先は彼の乳首を摘み上げ、唇は彼のうなじをくすぐりながら這い回る。

胸元から、首筋から、妖しい痺れが、肌をぞくぞくと震わせる。扱き上げられるたび、電流が走るような甘美な刺激が思考を奪う。

吐息に混じる甘い響きを抑えることができない。膨れ上がる快感を止めることができない。

「……こんなふうに他人に触られるの、初めてなのか？」

高槻が訊いた。

「恋人は？」

流されまいと身を硬張らせたまま、涼はかぶりを振る。

「意外だな。そんな綺麗な貌《かお》をして、こうして可愛がってくれる相手の一人もいないのか」

そう言って高槻は嗤うと、涼の腰に手を廻し、スラックスを下着ごと一気に引きずり降ろした。

剥き出しにした双丘を割り、その狭間に触れる。涼は硬直し、息を呑んだ。

「な、何を……っ……」

「経験はなくとも、知識はあるだろう？　男同士がどうやって楽しむか」

言うや否や、固くつぼまった秘部をこじ開けるように、高槻の指が涼の中に潜り込んだ。

「い、いやッ……！」

羞恥と、悍ましさを伴う異物感に涼はおののいた。だが、高槻は構わず、なおも深く指を沈めると、彼の内部で指先を小刻みに動かした。

「ひッ…あっ、あぁ…っ……」

涼の躰が、ビクン、ビクンと跳ねる。高槻の指が、繊細な秘部の内側に潜む、涼の未開の官能を刺激する。

――ああ、どうして、こんな……。

高槻の指が当たるたび、妖しい疼きが起こり、意識しない甘い喘ぎ涼の口をが突く。

そして、二本目の指が侵入し、あられもなくそこを拡げられると、涼は無力感と絶望感に啜り泣くような声を洩らした。

高槻は、涼の秘孔をつけ根まで沈めた二本の指で絶え間なく刺激してやりながら、硬く張り詰めている彼の欲望を再びつかみ、扱き始めた。

涼は、あっと息を呑み、またしても激しく狼狽した。

「だ、だめ、そんなっ……」

内部を抉られ、掻き回され、それと同時に、前方をも弄ばれ――その強烈すぎる刺激に、そのあまりの快感に、気が変になりそうだった。

「も、もう…やめて…ください……いやです…いやッ……」

かぶりを振って、涼は抵抗する。だが、高槻の無慈悲な指は、止まるどころか、涼がいやがればいやがるほど、怯えれば怯えるほど、ますます嗜虐を煽られるかのように、執拗に、そして、容赦なく彼を責め嬲る。

「あぁっ、だめ…もう…っ……あ……あ……」

「……もう降参かい？」

涼の欲望の先端を溢れる雫でヌルヌルと擦りながら、高槻は、根元まで埋めた指を、不意に内部を引っ掻くようにズルッと引き抜いた。

「いッ、いやッ――…あ…あぁ――ッ」

涼の喉から、引きつった悲鳴が迸った。

快感が頭の芯まで突き抜け、意識が白い閃光とともに弾け散った。

涼は、歓喜の痙攣に身を任せながら、絶息したように、がっくりとシーツの上に頭を落とした。

自分では到底導き出せない快感と、それを男の手で味わわされたという羞恥と屈辱に、彼はしばし動けずにいた。

だが、これだけで解放されるはずがなかった。

快楽の波が引いていくのを見計らうように、背中にのしかかってくるものがあった。

涼は、はっと我に返り、首を捩って後ろを見た。

高槻の顔があった。目を奪われるほどの美貌は、冷ややかな嗤笑を浮かべながら、だが、その瞳は、少しも笑っていなかった。

昏く、冷たい光を宿した瞳――。愛する人を失った哀しみと絶望を、憎しみに変えて涼にぶつけようとしている。涼にぶつけ、彼をズタズタに踏み躙《にじ》り――そして、兄を殺した罪を贖《あがな》わせようとしている。

「……もう……もう、やめてください……っ……」

怯えながら、涼は叫んだ。だが、憎しみに囚われた高槻の耳には、涼のどんな声も届くはずがなかった。

高槻は、背後から涼の腰をつかむと、双丘を割り開き、さっきまで指で嬲っていた小さなつぼまりに、自身の屹立した欲望を突き立てた。

「いッ、いやだッ……！」

男の硬く、熱い肉塊は、反射的に身を硬張らせた涼の、その抵抗を突き破るようにして、内部へと押し入ってきた。

「あぅッ……」

薬のせいか、指で揉みほぐされていたせいか、思いの外、痛みは伴わなかった。だが、灼けつくような圧迫は言いようもなく不快で、狭い器官を押し拡げながら突き進んでくるそれが、男の昂りであるということが、涼を堪らなく怯えさせていた。

「うぅっ……ゆ、赦して…、赦して……もう――…」

「赦す？」

涼の中にすべてを呑み込ませた高槻が、フッと小さな失笑をこぼした。彼の背中にぴったりと覆い被さりながら、その耳許に唇を寄せて、囁いた。

「赦すって、いったい何を赦すんだ？　君が俊を殺したことをか？　俊を殺しながら、君だけが何食わぬ顔で生きていることをか？」

「……」

「赦してほしいのなら、それなりの償いをしたまえ」

言うなり、高槻は涼の躰を突き上げた。

涼は、悲鳴をあげた。

高槻の腰が、まるで涼の内部に楔《くさび》を打ち込むように叩きつけられる。

「あぁッ、あッ、あッ、あ――…ッ」

荒々しい抽挿にガクガクと激しく揺すり立てられながら、涼はシーツを固く握りしめ、押し出されるような呻きをこぼした。

すると、高槻は、生贄《いけにえ》の苦悶をさらに愉しもうとするかのように、貫いた腰を高く持ち上げて両膝を立たせ、屈辱的な姿勢を取らせた。

腰をぐっと押しつけて、一際結合を深くしたかと思うと、一気に自身を先端まで引き抜き、思い切り奥まで突き入れた。

衝撃に、涼は仰け反り、悲痛な声を張りあげた。

突き上げられるたび、凶器としか思えない硬化した高槻の肉塊が信じられないほど奥へと押し入ってくる。内部を穿《うが》ち、抉り、秘められた官能に容赦なく突き刺さる。

「あっ、あっ、いやっ、いやっ、あぁっ…やめてっ…」

甘美な戦慄が、貫かれている箇所から躰中に響いて、涼は我を忘れてのたうち、いつしか切ない啼《な》き声をあげていた。

「……どうだ？　男がこんなに悦《い》いなんて、知らなかっただろう？」

嗤いながら高槻の手が、涼の前方を探って、喜悦を溢れさせている彼のそそり立った欲望を、その充分すぎる手応えを満足げに握りしめた。

「さぁ、もっと感じて、狂え。君のプライドをズタズタにしてやる。今までの君に戻れなくしてやる。君に輝かしい未来なんてものがあっちゃいけないんだよ」

そして、手の中の涼の羞恥を嘲《あざけ》るように弄びながら、男の攻撃は、いっそう激しく、容赦のないものへと変わっていく。

苦痛と屈辱に打ち震え、歓喜に啜り泣きながら、涼は赦しを乞うていた。

男に犯されながら悦びを感じている浅ましい肉体を、自分ではもうどうすることもできなかった。

どうしてこんなことになってしまったのか。

永遠に、自分は赦されることがないのだろうか。誰かの憎しみのために、哀しみのために、この身を捧げて生きるしかないのだろうか——。

何かが——自分の中で築き上げようとしていた、守ろうとしていた何かが、脆く崩れ落ちていくのを、涼は薄れてゆく意識の中で感じていた。

3

どこをどう歩いてきたのか、記憶にない。

魂の抜け殻のようになって、ふらふらと夜の街を彷徨《さまよ》い、気がつくと、涼は、高井戸の鴻上の邸宅の前にいた。

石塀に囲まれた豪壮な屋敷。門灯の明かりに浮かび上がる、表札に刻まれた〈鴻上〉の文字。

閉ざされた錬鉄製の門扉は、まるで人の来訪を拒むかのように、厳めしくそこに立ちはだかっている。

ここに辿り着く前、涼はホテルにいた。

ホテルのベッドの上で、あられもない姿で男に犯されていた。

それまで、涼にはSEXの経験がなかった。恋人と呼べる相手も、ただ肉欲を満たすだけの相手もいなかった。禁欲を強いていたわけではない。彼にも、ちゃんと欲望はあった。だが、それを満たすために他人の肉体を欲することはなかった。なぜなら彼は、肉体的にも精神的にも、他人と繋がりを持つことに、ある時を境に興味を失ってしまっていたからだ。

だが、そんな彼の無垢な肉体は、ただ男の嗜虐を煽っただけだった。

男との初めての行為に怯え、羞恥と屈辱におののく涼の肉体を、その弱々しい抗いと悲鳴を愉しむかのように、高槻は執拗に弄び、容赦なく犯し続けた。

幾度も絶頂に追い上げられた。そのたび、名状しがたい歓喜と屈辱の昏迷の中で、自分が壊れていく気がした。

いっそ狂ってしまえたら、と思った。

いや、いっそ殺してくれればよかった。

拷問のような時間からようやく解放され、幾度も遠くなりかけた意識が現実に戻ってきた時、涼は、生きている自分に失望した。憎まれ、恨まれ、こんな辱めを受けながら、それでも生きている自分が惨めだった。

涼は、高槻がシャワーを浴びている隙に部屋を出た。

ワインと一緒に飲まされた薬はとうに抜けていたが、散々いたぶられた肉体は立っているのがやっとなほど疲弊しきり、自分のものではないようだった。

その鉛のような虚脱感を引きずりながら、わずかに残った気力と惰性だけで彼は歩き、鴻上の家に辿り着いた。

見知らぬ他人の家のような、よそよそしいその場所に。

凉には、どうしても確かめたいことがあった。

正門の横の通用口の扉を開け、凉は邸内に入っていった。

「――凉様!?　どうなさったんですか、こんな時間に」

玄関から出てきた、お手伝いの守口《もりぐち》佳代子《かよこ》は、凉の顔を見るなり、大きく目を瞠った。

十五年近くも鴻上家で働き、小学生の頃から凉を知っている彼女は、凉の突然の来訪より、彼のあまりに憔悴しきった顔に驚きを隠せなかった。

「……代議士――父は？」

「え？　ええ、いらっしゃいます」

凉の能面のように血の気を失った顔と、感情のない声に、ただならぬものを感じたのか、佳代子は慌てて主人を呼びにいった。

屋敷の中は、静まり返っていた。

今、何時なのだろうか――と、凉はふと思ったが、左腕に嵌《は》めた腕時計に目をやることには、思い至らなかった。いつも、ワイシャツの袖の中に隠れているその時計で、彼が時刻を確かめることは滅多になかった。

間もなくして佳代子が戻ってきて、凉は、応接間に通された。

すぐに俊之が現れた。

「――ああ、佳代さん。お茶はいいから」

廊下にいた佳代子にそう声をかけ、俊之は応接間に入ってくると、佇む涼と、テーブルを挟んだソファーに腰を降ろして向かい合った。

お茶はいいから――。それは、〝話が終わるまで入ってくるな〟という意味を含んでいた。ならば俊之は、涼がいったい何の話でここに来たのか、おおかた承知しているということだ。

「……まだ十時だ。随分、早く帰してもらえたな。ここに寄れとは言っていないはずだが、まさか、逃げ出してきたというわけじゃあるまい？」

そう言いながら俊之は、テーブルの上のシガレット・ケースから煙草を一本取り出すと、口に咥《くわ》え、ライターで火をつけた。

冷ややかな態度は、ここに来た涼を暗に非難しているようだった。

「……知っていたんですか？」

涼は言った。

「あの男の目的を知っていて、俺を差し出したんですか？」

俊之は、吸い込んだ煙草の煙を、まるで不快な溜息のように大きく吐き出した。

「お前を一人で部屋に寄越してくれ、と言われて、他に何の目的があるんだ？」

「……」

「天下の大東新聞が、たかが一代議士に、ただで食いついてくるわけがないだろう」

「……ならば俺は、食いつかせるための餌だったということですか？」

怒りにも似た感情が小さな震えとなって躰を這い昇ってくるのを懸命に抑えながら、涼は半ば自虐的にそう尋ねた。

紫煙と一緒に俊之の肩がフッと揺れた。

「大東新聞社の御曹司に、まさかそういう趣味があったとはな。お前のことをどこぞで見初めたのだろう。だが、お前の美貌に目をつけ、金と引き換えに、今回のような接待を要求してきた人間は、何も高槻氏が初めてじゃない。今までにもいた。ただ、取り合わなかっただけだ」

「なぜ……」

「小物のはした金で、息子をホイホイ差し出すほど、私は愚かではないのでな。しかし、今回食いついてきたのは大物だ。これ以上ないというくらいのな」

そう言って俊之は、ほくそ笑んだ。

俊之は、大東新聞の強大な力をバックにつけるために、嬉々として自分の息子を差し出したのだ。

まるで、最初から、涼をそういう駒として使うつもりであったかのように。

「お前を安売りしないでおいて正解だったよ。お前も光栄に思うんだな。そんな大物に可愛がってもらえたのだから」

涼は、躰が震えるのを止めることができなかった。

光栄に思え、だと？

凌辱《レイプ》以外の何ものでもなかった。悍ましく、屈辱的なあの行為を。プライドと尊厳を打ち砕くだけのあの行為を――。

「……兄が――」

「ん？」

「……もし、兄が生きていたら、同じことをさせたのですか？」

涼の問いに、俊之の顔つきがふと変わった。

「どういう意味だ？」

「あの男――高槻征一は、兄と知り合いでした。城北学園の高等部で一緒だったそうです。俺の顔を見ながら、兄とよく似ている、と言っていた……。もし兄が生きていたら、きっと兄のほうを望んだはずだ。兄も、俺と同じように差し出したのですか？」

真剣な面持ちで、涼は詰め寄った。

もしかしたら、それが一番、彼の確かめたいことだった。

「何を言い出すかと思えば……」

俊之は、呆れた苦笑とともに呟くと、一呼吸置くかのように煙草を吸い、そして、言った。

「差し出すわけがないだろう。俊は大事な後継者だった。そんな、男娼の真似ごとなどさせられるわけがない」

「そんな……。じゃあ、俺はいったい――」

「お前は、何か勘違いをしているようだな。俊の代わりにこの家を継ぐ気でいたのか？　私は一言も、お前にこの家を継がせるとは言っていないし、継がせるつもりもない。この家は、健史に継がせる」

――目の前が真っ暗になった。

それは自分を、自分の存在を、拒絶され、否定された瞬間だった。

愕然と凍りつき、蒼ざめていく涼の顔に、だが、俊之の父親としての情が動くことはなかった。追い討ちをかけるように、俊之は言葉を続けた。

「今でこそ、お前は私のもとでまともに働いているがな、私の周りには、お前の荒れていた頃を知っていて、未だにお前という人間を信用していない者もいる。私も、お前は鴻上を継ぐに相応《ふさわ》しい人間とは思えない。だいたい、鴻上の血を残せないんだからな」

「え？」

立ちすくんだままの涼の瞳が、大きく見開かれた。

血を残せない？

「なんだ、知らなかったのか？」

困惑を浮かべている涼に、俊之は眉を上げ、意外そうな顔をしながら、その告白の与える衝撃を意に介する様子もなく、平然とした態度で煙草の灰を灰皿に落とした。

「昔、長く入院していたことがあっただろう？　あの時だ。お前は結核を患っていたが、運悪く、菌が睾丸に回っていたんだ。検査の結果、子供は無理だろう、と医者から言われた」

「そんな……」

信じがたい思いに茫然としたまま、涼は視線を落とし、その当時のことを思い起こした。

中学二年生の時だった。長い間、入院させられていた。兄に病気を移さないための、いわば〝隔離〟だったが、そのために、一学年をもう一度やらなければならなかった。

あの時、すでに自分は子供が望めない躰になっていたというのか？

確かに入院中、様々な検査をされた。中には、屈辱的なものもあった。まさか、それが、その検査だったのか？

そうして思い返してみれば、退院してからではなかっただろうか。

家の中で疎外感を覚えるようになったのは。

もともと涼は、優秀な兄と、兄ばかりを可愛がる両親に反発していた。それが、長期の入院で留年が決まると、ますます兄に対して劣等感を抱くようになり、反抗的になり――疎外感は、そんな自分を両親がますます疎んじるようになったからだと思っていた。

だが、そうではなかった。

父も、母も、跡継ぎを残せない涼を、鴻上の家に必要のない人間だと見限っていたのだ。

ああ、そうか。だから、だから母は、兄が死んだ時、俺に――。

「――これでよくわかっただろう。お前に跡を継がれても困るんだ。だから、身の程に合った生き方をみつけるんだな。お前はこれから、高槻征一氏づきの秘書だ」

またしても、寝耳に水の話に、涼は弾かれたように顔を起こした。

「ど、どういうことですか!?」

「お前は、今日づけでうちの事務所を辞め、大東新聞社に引き抜かれたということになっている。ま、名目上はな」

「ま、待ってください！　俺は――」

「もう決まったことだ」

有無を言わせない強い口調で、俊之は涼の言葉を遮った。

涼は、ぎゅっと拳を握り締めた。そして、苦渋に満ちた沈黙ののち、震えながら言った。

「……代議士秘書を辞めて、あの男の愛人になれ、と言うのですか。それが、俺の身の程に合った生き方だと」

「鴻上の血も残せない、いらない躰だ。いったい、他に何ができると言うんだ？　死んだ俊に代わって私のためにに役立ちたいと思うのなら、それぐらいのことはしてもらわないとな」

後ろめたさも、躊躇《ためら》いも、すまない、という気持ちさえも、俊之の態度から感じ取ることはできなかった。

この躰につけられた値の大きさが、高槻が約束した援助の大きさが推し量れた。

涼は、ちゃんと立っていられる自分が不思議だった。

足許が、目の前が、崩落していくような気がした。

いや、きっと、崩落していくのは、自分自身だ――。

「せいぜい高槻氏に可愛がってもらえ。気に入られれば、本当に大東新聞社の取締役秘書として使ってもらえるかもしれん」

俊之がすべて言い終えぬうちに、涼は応接間を飛び出していた。

これほどまで、自分は疎まれ、軽んじられていたのか。

いったい、自分は何のために今まで生きてきたのだろう。

兄が死んでから、兄の代わりに生きることが、自分にできるたった一つの償いだと信じてきた。

なのに、誰もそんなことは望んでいなかった。

それどころか、自分はとうに必要のない存在だったのだ。

男の慰みものとして差し出される他には。

ああ、俺は、こんな非情な現実を思い知らされるために、ここに来たのか――。

「――兄さん？」

その時、不意に自分を呼び止める声を聞いた。涼は、ふと立ち止まった。

健史の声だった。

「やっぱり兄さんだ。なんだ、来てたんなら、声ぐらいかけてくれたって――」

玄関を出ようとしていた涼の姿を認め、健史は、慌てて二階の階段から駆け降りてきた。

涼の突然の来訪を喜ぶ少年の笑顔は、だが、振り返った兄の顔を見た瞬間、凍りついた。

（――この家は、健史に継がせる）

健史は、怯えた目で涼をみつめながら後退った。涼は、ハッと我に返った。

無意識に、彼は憎悪の眼差しで少年を睨みつけていたのだ。

いけない。この子に罪はないんだ。

憎悪と嫉妬に歪んだ己の醜い顔を背け、涼は逃げるように健史の前から立ち去った。

どうして、こんな絶望の中にあってさえ醜い感情が消えないんだ。

また同じことを繰り返すのか。

愛され、必要とされている人を、羨み、妬み、そして、憎んで——また、この世から消し去ってしまいたいのか。

そして、屋敷を後にし、通用口から外に飛び出した時だった。

黒塗りの高級外車が、路上に停められているのに気がついた。

涼は、思わず足を止めた。

ここに来た時には、なかったはずだ。

胸騒ぎとともに視線を離せずにいると、やがて、その車から、長身の影がゆらりと立ち上がるのを見た。

涼は息を呑み、立ちすくんだ。

街灯の明かりが、こちらに向かって歩いてくる高槻の冷たい美貌を照らし出す。

「——親父殿に、ちゃんと別れの挨拶はしたのか?」

「どうして……」

自分を凌辱した男を前に、涼の躰はガタガタと震えていた。

「迎えにきた。たぶん、ここじゃないかと思ったからな」

涼は、気圧されたように後退ると、くるりと身を翻し、その場から逃げようとした。だが、ダメージの癒えていない躰は、三歩も歩けぬうちに、高槻の腕につかまった。

肌に、ざわっと悪寒が走った。その腕に嬲り回された悍ましい記憶が甦ったのだ。

「は、離してくださいっ……」

「聞いたんだろう？　君にもう戻る場所はない。君は俺が買い取った」

涼は、はっと目を瞠り、まるで自分を物のように扱う、冷酷な凌辱者の、狂気と妄執に囚われた顔を見た。

「あ、あなたが…っ……」

涼は、唇をわななかせながら叫んだ。

「あなたさえ現れなければ、こんな、こんな――」

だが、現れなければ、なんだったと言うのだ。

この男が現れなくとも、誰からも愛されない、必要とされない現実は変わらない。ただ、それを知るのが少し後になっただけのことだ――。

涼は、高槻の腕を振り切ろうともがきながら、懸命に何かを叫んでいた。だが、それは、ほとんど声になってはいなかった。

意識は、不意に彼から遠ざかっていった。

気力はすべて尽き果てた。

涼は、無限の闇に吸い込まれ、息絶えたように高槻の腕の中に崩れ落ちた。

＊

「あなたが死ねばよかったのよ!!」

母親は、少年に向かってそう叫んだ。

溺れた少年を助けようとして海に飛び込み、波にさらわれた少年の兄は、翌日、少年が助けられた岩場から、わずかしか離れていない場所で、遺体となってみつかった。

兄の死を知らされた母親は、半狂乱だった。

母親は、兄を溺愛していた。夫と愛人との間に子供ができたのを知ってから、母の心の拠《よ》り所は、少年の兄だけだった。

母親は、一瞬にして絶望の淵に突き落とされたのだ。

どうして、あの子がこんな目に遭わなきゃならないの？

あなたが助かったのに、どうして、あの子だけが助からなかったのよ？

どうして、どうして、どうして――。

激しく責め立てる母親に、少年はただ泣きながら、「ごめんなさい、ごめんなさい」と、謝ることしかできなかった。

それより他に何が言えたというのだろう。

いかなる理由があろうと、少年のために兄が命を落としたことには変わりないのだ。

誰も、少年に命があったことを、「良かった」と言ってくれる人はいなかった。

父親は黙ったまま、少年の顔すら見ようとしなかった。その無言もまた、少年を非難していた。

父親にとっても、その最初の息子は、一番期待をかけ、大切に育ててきた跡取りだった。

そして、誰も庇ってくれる、同情してくれる人のいない中で、ただひたすら「ごめんなさい」と繰り返すばかりの少年に、母親はあの言葉を投げつけたのだ。

——あなたが死ねばよかったのよ。

だが、少年もまた、兄ではなく、自分のほうが死んでいればどれほどよかったか、そう思わない日はなかった。

ずっと疎まれてきた自分など、この世から消えて失くなっても、誰も惜しみも、哀しみもしない。

それに、この世から消えて失くなれば、もうこれ以上、愛されない哀しさも、寂しさも、孤独も味わわずにすんだだろうに。

少年は、自分のために命をなげうった兄を恨み、その犠牲の上に生きている自分を呪った。

4

兄が亡くなった二年後、涼の父と母は離婚した。

とうに冷えきっていた夫婦だった。

俊之は、美しいがプライドが高く、男に甘えることを知らない妻に、いつからか愛情を感じられなくなっていた。妻は、夫の自分に対する愛情が冷めていっていることを知りながらも、プライドが邪魔をして、夫の愛情を取り戻す努力をすることができなかった。他の女のもとへ通う夫を、見て見ぬ振りすることしかできなかった。

だが、そんな二人を、〝夫婦〟として繋ぎ止めていたのが、涼の兄の俊だった。

利発で、美しく、そして、優しい心を持った兄は、二人の最高傑作であり、彼をこの上なく愛し、鴻上の家を継がせようとしている点で、二人の心は一致していた。

そう、父も母も兄を溺愛していた。とりわけ、夫の愛人に子供ができてからの、母の兄に対する偏愛ぶりは異常なほどだった。

夫に愛されない寂しさを埋めようとしたのか。夫の愛人と張り合おうとしたのか。

いずれにせよ、母は、兄さえいれば夫を完全に失うことはないと思っていたのだ。

なのに、その兄が死んだ。夫婦にとっては、たった一つの鎹《かすがい》が、母にとっては、たった一つの拠り所が失くなってしまったのだ。

鴻上の家を出ていく時、母は、涼を引き取りたいとは言わなかった。

母は、涼を赦すことはなかった。あの海で、一人助かった彼を。

（あなたが死ねばよかったのよ!!）

あれは、哀しみと絶望の混乱が言わせた言葉ではなかった。

母は、涼が故意に兄を死に追いやったとさえ思っていた。

兄が死んでから家を出ていく時まで、一度として涼の顔をまともに見ることのなかった母は。

兄とは、決して仲の良い兄弟ではなかった。涼は、両親の愛情と期待を一身に集める兄を、羨み、妬み、憎んでさえいた。

だが、あの日――海へ行った日、涼は、兄との間に何があったのか覚えていなかった。何か話をしていたはずだったが、その後に起こった悲劇が、彼が海に落ちる前までの記憶を消し去ってしまった。だから、「殺意を持って兄を殺したのか」と問われても、涼は、きっぱり「違う」と否定することができなかった。殺したという証拠もなければ、殺していないという証拠もなかった。

殺意こそ抱いてはいなかったが、あの当時、〝兄などいなければいい〟という気持ちがあったことは確かで、そして、その〝兄などいなければいい〟という気持ちが、結果的に兄を死に追いやったのではないかと、涼には思えてならなかった。

涼は、幾度も死のうとした。

こんな自分のために命を落とした兄の、美しくも愚かしい行為を恨みながら。自分だけが生きている、この皮肉で残酷な運命を呪いながら。

自分が兄を殺したのではないか、という罪悪感と悔恨に苛まれながら。

だが、死ねなかった。

どんなにつまらない命であろうと、兄の救った命だった。その命を、自らの手で絶つことは、涼にはできなかった。

それから、涼は変わった。

それまでつるんでいた仲間達と縁を切り、一心不乱に勉強した。そして、兄の通っていた一流大学へと進んだ。

彼は、それまでの生活からは想像もできないほどの変貌を遂げ、着々とエリートへの階段を昇っていった。

兄の歩むはずだった人生を、兄に代わって生きようとしたのだ。

兄のために自分の人生を捧げようとしたのだ。

それが、自分にできるたった一つの償いだと——。

だが、そうして兄のようになろう、兄に代わろうとすることは、自分の心を捨てていくことだった。兄ならどう考えるだろう、どの道を取るだろう。いつもそう考えながら行動していた。

気がつくと、自分の意思や感情は、意識の奥に閉じ込められ、何かに心を動かされることがなくなった。心から怒ることも、笑うこともなく、楽しいと感じることも、嬉しいと感じることもない、人間として大切な何かを欠落してしまった自分がいた。

心を許せる友人もいなかった。恋すら知らなかった。

一欠片《かけら》の喜びも、幸せも、この胸に感じられぬまま、誰かを愛したいと、誰かに愛されたいと、そう求めることさえいつしか諦め——ただひたすら兄の遺志を引き継ぐことばかりを考えて生きていた。それでいいと思っていた。

だが、本当にそうだったのだろうか。

本当に自分は、兄への、兄を失った人達への償いのためだけに、自分を殺して生きてきたのだろうか。そこに一片のエゴもなかったのだろうか。

兄のように生きることで、兄に代わって生きることで、兄に注がれていた愛情のほんの一欠片でも自分に向けられたらと、心のどこかで思っていたのではないのか。

いつか赦される時が来ることを、愛される時が来ることを、心のどこかで願っていたのではないのか。

——ああ、そうだ。

俺は、ほんのわずかでいい、父に、母に、こっちを向いてほしかった。それまでの自分と決別して、兄の遺志を引き継ごうとしている自分を、ほんの少しでいい、認めてほしかった。

兄のようになろうとして、兄の代わりになろうとして、虫のいい、身の程知らずの夢と知りながら、それで赦されようとして、兄にはなれないことを思い知らされただけだった。

(君は俊に取って代わった気でいるのか？　俊が進むはずだった道を、手に入れるはずだったものを奪い取って——)

(俊の代わりにこの家を継ぐ気でいたのか？)

ああ、なぜ、俺は生きているのだろう。

誰にも愛されていないのに。誰にも必要とされていないのに。

なぜ、生きなければならないのだろう。

こんな、何も残せない躰で。

孤独と絶望の中で。

なぜ——。

涼は、ゆっくりと目覚めていった。

夢を見ていた。哀しい夢だった。

やがて完全に覚醒が訪れると、夢の残像は、たちまち淡い光の中に消えた。そして、そのやるせない余韻に浸る間もなく、奇妙な違和感と、漠然とした不安が胸の中に広がるのを感じた。

訝る思いとともに、涼は辺りに視線を巡らせた。違和感と不安の正体はすぐにわかった。

見知らぬ部屋。見知らぬベッド。ワイシャツに、ダークグレーのスラックスを履いたまま、そこに横たわる彼の両手は、背中に廻され、手錠で一つに繋がれていた。腕を動かそうとすると、冷たい金属の感触が手首に当たった。

「――おはよう。昨夜はよく眠れたか？」

不意に声をかけられ、涼はハッと視線を移した。

いつからいたのか、ドアの前に高槻が立っていた。

涼は、高槻から視線を離さぬまま、ベッドの上を足でずり上がった。

「……こ、ここは？」

「俺のマンションだ」

言いながら、高槻は食事を載せたトレーを持って、ベッドへ歩み寄る。

涼は、ますます後退り、壁に肩が突き当たると、躰を折り曲げるようにして膝を立て、少しでも高槻から遠ざかろうとした。

「これは――なんの真似ですか？」

「これ――とは、どのことを言っているんだ？　君を俺のマンションに連れてきたことか？　それとも、拘束していることか？」

「両方です」

両手を後ろ手に拘束された状態で、涼は気丈に高槻を睨《ね》めつけた。

「外してください。帰ります。仕事がありますから」

「何を言っているんだ？　君は、昨日づけで鴻上事務所を辞めたはずだろ」

高槻は、涼の反抗的な眼差しを平然とかわし、トレーをベッドのサイドテーブルの上に置きながら、呆れたように言った。

「忘れたのか？　君は俺が買い取ったと言ったろう。君はもう、鴻上代議士のところで働く必要はない」

「……」

「君は俺づきの秘書だ。そして、ここは君の部屋だ。俺の許可なく、君はこの部屋から出ることはできない」

傲然と言い捨てられ、涼は、ぎゅっと唇を咬みしめた。

彼の脳裏には、昨日、自分の身に起こった出来事がまざまざと甦っていた。高槻から受けた辱めも。その後で知った、俊之の真意も。

(死んだ俊に代わって私の役に立ちたいと思うのなら、それぐらいのことはしてもらわないとな)

実の父親に売られた躰。男の慰みものになる以外、必要のない存在。とうに見捨てられていた存在――。

「……副社長づきの秘書なんて言ったって、ただの専用男娼じゃないですか。つまりは、この部屋で俺を飼うということなんでしょう?」

震える声で涼は言った。高槻が、ふっと失笑をこぼした。

「『飼う』か――。そうだな。いっそ、それらしく首輪でもつけて鎖で繋いでやろ――」

突然、涼は、嘲弄する高槻に向かって、ペッと唾を吐きかけた。

「そんなに俺が生きてることが赦せないのなら、いっそのこと殺せばいいだろうッ!」

涼の中で何かが壊れた。それまで懸命に押し殺していたものが、耐え忍んでいたものが、堰を切ったように溢れ出した。

「どうせ、憎まれ、疎まれるだけの存在だ。誰からも必要とされない。誰からも愛されない。生きてたって誰も喜ばない。なのに、何食わぬ顔をして生きてる。兄さんを殺してね！」

「……」

「俺が憎いんだろう？　兄さんの復讐がしたくて俺を買ったんだろう？　だったら、とっとと殺せよ。俺が死んだって、誰も惜しみも、哀しみもしないんだ。そっちだって清々するだろ!?」

自暴自棄に、挑発的に声を荒らげる涼の瞳は、憎々しげな光を放って燃え上がっていた。

高槻は、頬にかかった唾を拭い取ると、その手でおもむろに涼の胸倉をつかみ上げ、頬に平手打ちを浴びせた。そして、ベッドの上に勢いよく倒れた涼の喉に、すかさず手をかけた。

涼は、抗わなかった。喉をつかまれたまま、じっと高槻の顔を見上げた。

高槻が言った。

「……化けの皮が剥がれたな。激しい目をしている。俊はそんな目はしなかった」

「俺と兄さんは、顔は似ていても中身は正反対だった」

「もう俊の真似はやめたということか」

「どう足掻いたって、俺は兄さんにはなれない。それに、もう必要ない……」

そう言って、涼は静かに目を閉じた。

高槻の長い指が喉に強く食い込み、この呼吸を、この鼓動を永遠に止めてくれるのを、夢見るような気持ちで待った。

死だけが、孤独と絶望から救ってくれる。罪悪感と悔恨から解放してくれる。そう思った。

だが、高槻の手は、涼の息の根を止めることに興味を失くしたのか、不意に喉から離れると、後ろ手に手錠を嵌められている彼の左手をつかんだ。

涼は、はっと目を開いた。

手首にじかに触れた高槻の指に、その時初めて、そこにしていたはずの腕時計を外されていることに気づいた。

彼は、部屋に一人でいる時以外は、必ず腕時計を嵌めていた。左の手首を決して他人の目に触れさせることはしなかった。そこには、かつて自ら命を絶とうとした痕跡が未だに消えずに残っていたからだ。

「自分じゃ死に切れないから、『殺せ』ってわけか」

皮肉な微笑をこぼしながら、高槻は手首の傷跡を指でなぞった。

「君を躊躇《ためら》わせたのは、生への執着じゃないな。君が死ねば、俊が君を助けた意味がなくなる。俊の死が無駄になってしまう。だから、死ねなかった。そうだろう？」

「離せ…っ……」

何もかも見透かすような高槻の視線から目を逸らしたまま、涼はその手を振りほどこうと身を捩

った。だが、高槻は離すどころか、つかんだ手を乱暴に捻《ひね》り上げ、苦痛に顔を歪める涼に向かい、冷ややかに告げた。

「期待に添えなくて残念だが、俺は殺さない。君が自分を殺せないのと同じ理由で、俺は君を殺さない」

「……」

「その代わり、君をここで飼ってやろう。鴻上涼としてではなく、鴻上俊としてね」

「なん、だって……?」

「君を殺すことはできないが、〝鴻上 涼〟という存在は消すことができる。今日から君は、〝鴻上俊〟だ」

事もなげに言い切る高槻に、涼は愕然と瞠目した。

「ふざけるな……」

「ふざけちゃいないさ。そもそも君は、俊になりたかったんだろう? 君の望みを叶えてやろうって言ってるんだ」

「……違う。そんなのは、違う」

確かに、兄の遺志を引き継ぎ、兄のように生きようとした。兄の代わりになろうとした。

それがたった一つの償いであり、そして、自分という人間を認めてもらうための、たった一つの手段だったからだ。

だが、これは違う。こんなのは違う。こんなことのために、兄の代わりになろうとしたんじゃない――。

「違うッ。俺は――」

涼は、かぶりを振り、狂ったようにもがいた。すると、高槻は、あっさりと手を離したが、次の瞬間、ベッドから降りようとした涼の足をつかんで引きずり戻した。スラックスのベルトに手をかけ、手早く彼の下肢を裸に剥く。

涼は、またあの悍ましい行為を強要されるのかと思い、激しく抵抗した。

「は、離せッ……何を…ッ……」

「君に構っている時間がないのでね。これから会社に行かなきゃいけない。俺が留守の間、君が馬鹿な考えを起こさないよう、裸でいておいてもらうよ」

「いや…っ……」

暴れる涼の肩からワイシャツまでも脱がせると、高槻は手が使えないように手錠を嵌めた手首に、それをぐるぐると巻きつけた。そして、剥ぎ取った衣服を持って、ベッドから立ち上がった。

「君が馬鹿な真似をすれば、その責任を取るのは君の父親だということを肝に銘じておくんだな」

「……」

「――ああ、そうだ。食事をそこに持ってきてある。腹が空いたら食べたまえ」

羞恥に身をくぐめて震えながらも、瞳から反抗的な光を消さない涼に、高槻はそう言って嗜虐的な冷笑を落とし、部屋から出ていった。


高槻の気配が消えると、涼は、わずかに上体を起こし、サイドテーブルの上に目をやった。

高槻が運んできたトレーの上には、グリーンアスパラとソーセージのピザ、ポタージュスープ。そして、ミネラルウォーターの注がれたグラスが置いてあった。

それらを見た途端、涼は激しい空腹感を覚えた。思えば、昨日の昼から何も食べていなかった。

こんな時でも腹は空くのか――。意外に図太い自分の神経に呆れながら、サイドテーブルに近づいた涼は、次の瞬間、愕然とした。両手の使えない彼は、ピザもスープも、犬のように皿から直接食べなければならなかった。

部屋を出ていく時の高槻の冷笑が、ふっと脳裏に甦った。

屈辱感と怒りにわなわなと震えながら、涼は、ふいっとトレーの上から目を背けた。誰が食べるものか、と思った。だが、ふと、高槻の目がないだけましかもしれない、と思い直した。本当なら高槻は、目の前で、自分に犬のように皿を舐めさせたかったのだろうから。それに、ちゃんと食べておかなければ、いざという時に躰が動かないいし、頭も働かない。

そう自分に言い聞かせ、涼は、トレーに顔を寄せていくと、屈辱に耐えながら、ピザに齧《かじ》りつき、スープを飲んだ。

何度も涙が込み上げてきそうになるのを懸命にこらえた。

惨めだった。

なぜ、こんな仕打ちを受けなければいけないのか。

もし、自分がここから逃げ出せば、俊之に迷惑がかかる。そう、高槻の要求を拒否すれば、俊之は、大東新聞社からの援助を失うばかりでなく、議員の職も失うかもしれない。メディアがその気になれば、国会議員一人潰すことなど、赤子の手を捻るぐらいたやすいことだ。

だが、それが何だというのだ。自分の息子を平気で売る父親のために、なぜ、こんなことまでしなければいけない。一欠片の愛情もくれない父親のために、なぜ――。

涼は、屈辱的な食事をすませると、静かにベッドを降りた。

高槻が出ていったドアに近づき、耳を寄せて、外に誰もいないことを確かめた後、肩と頬でノブを挟んで回してみた。ドアは開かなかった。この獲物を逃がさないために取りつけておいたのだろう、外から鍵がかけられていた。涼は、そこから離れると、部屋の奥にあるもう一つのドアのノブを回した。こちらは難なく開いた。バスルームだった。脱衣所を兼ねた洗面室と、個室のトイレがついていた。どうやら、この部屋は客用の寝室らしい。ドアを閉め、カーテンを閉めたままの窓へと行ってみた。カーテンの脇から躰を潜り込ませると、ガラス窓の向こうには青空が広がっていたが、彼に望みを与えてくれるものは何一つなかった。

部屋は二十階以上の高さにあり、出窓は嵌め殺しになっていた。仮に窓を開けることができたとしても、彼の声の届くところに、同じくらいの高層マンションやビルは見当たらなかった。

涼は、失望を通り越して、諦めに似た虚脱状態に陥りながら、ベッドに戻った。上掛けの中に潜り込み、誰かが見ているわけでもないのに、裸身を隠すように、小さくうずくまって目を閉じた。

そのまま、眠ってしまったようだった。

ドアの開く音がして目を開くと、知らぬ間に薄暗くなった部屋の中に、会社から帰宅した高槻の姿があった。

「――ちゃんと食ったんだな」

ベッドに近づき、サイドテーブルに置いたトレーを覗き込みながら高槻は言った。その声には、どことなく嘲っているような響きがあった。おそらく、両手を拘束されたまま、犬のように皿にくらいつく涼の姿を想像しているのだろう。

涼は、その言葉には答えず、高槻から顔を背けたまま、ぽつりと言った。

「……シャワー」

「え？」

「シャワーを浴びたい」

「ああ」

高槻は、失念していたものを指摘され、初めて気がついたかのような白々しい声を出した。そして、「ちょっと待ってろ」と言って、空の皿の載ったトレーを持って一旦部屋を出ていったかと思うと、手錠の鍵を持って戻ってきた。

涼をベッドから降ろし、部屋の中にある専用のバスルームの前まで連れていってから、ようやく腕に巻きつけていたワイシャツを取り、手錠を外した。

涼は、ゆっくりと時間をかけてシャワーを浴びた。

昨日の悍ましい記憶を消そうとするかのように、何度も丹念に躰を洗った。監禁されているという状況は変わらないのに、両腕が自由になっただけで、妙に解放された気分だった。

そうして、おそらく普段の倍の時間をかけて、ようやく浴室を出ると、洗面室に置いてあったバスローブを羽織り、タオルで濡れた髪を覆いながら、何気なく化粧台の鏡に映った自分の顔を見た。やつれた顔をしていた。自分の顔とは思えなかった。

無理もない。たった一日で、がらりと運命が変わってしまったのだ。

バスルームを出ると、高槻がベッドの縁に腰かけて待っていた。手には、涼の腕から外した手錠を持っていた。また嵌めるつもりなのだろう。

涼は、髪を拭いながらベッドへと歩いていくと、タオルをするりと頭から取った。——次の瞬間、手に持ったタオルを、いきなり視界を覆い隠すように高槻の目の前に放り投げ、素早くドアに向かって身を翻した。

一瞬、怯《ひる》んだ隙を突いたはずだった。だが、涼の想像より遥かに高槻の反応は速かった。まるで、予測していたかのようだった。涼がドアのノブをつかむより先に、高槻の手がバスローブの襟をつかんでいた。

ぐいっと乱暴に引き戻され、涼は勢いよく床の上に倒れた。

「——こんなことじゃないかと思ったよ」

高槻は、涼の躰を押さえつけて、不敵に笑った。

「カーテンがわずかに開いていた。昼間、どうにかして逃げられないか、部屋の中を見て回って考えていたんだろう?」

「は、離せッ……離せよ…ッ…畜生ッ」

呆気なく逃走を阻止され、しかも、最初から見抜かれ、あまりのみっともなさと、悔しさに、涼は自棄《やけ》になって暴れた。

「……どうやら、君には調教が必要なようだな」

呆れたように呟きながら、高槻は、再び後ろ手に手錠をかけた。そして、涼の躰を床から引き起こし、ベッドの上に突き倒すと、彼がシャワーを浴びている間に持ってきたのか、サイドテーブルの上から、鎖のついた犬用の首輪を取り上げた。

涼の瞳が大きく見開かれた。

「……なんだよ、それ……」

「今朝、言っただろう？　首輪でもつけて鎖で繋いでやろうか、って——。冗談のつもりで買ってきたんだが、君が逃げ出そうなんて馬鹿な考えを起こしているようだから、ちょっと自分の立場をわからせてやろうと思ってね」

事もなげに言いながら、高槻は、涼の首をつかまえ、ぐいっと引き寄せた。

「い、いやだッ、やめろ…ッ！」

涼は、闇雲にかぶりを振り、抗った。

「なんでだよっ!?　なんでこんなことまでされなきゃならないんだよッ!?　俺は犬じゃないッ。奴隷じゃないッ」

「生きる気のない人間の人格を尊重してどうするんだ。君は俺に、『殺せ』と言ったんだ。俺に向かって投げ捨てた命を、俺がどうしようが勝手だろう」

「そんな……っ……」

「それとも何か？　君の『殺せ』は、これ以上、生き恥を晒《さら》すくらいなら、死んだほうがましだ、ってだけの話か。だがな、死んで楽になれると思ったら大間違いだ。君が死んだって、俊を殺した罪がちゃらになるわけじゃない」

ぞっとするほど静かな声で高槻が言った。

はっと我に返ったように、涼の抵抗がやんだ。

「言っただろう。赦してほしければ、それなりの償いをしたまえ、と」

「……これが償いだとでも？　どんな仕打ちも、辱めも、黙って甘受するのが、償いだとでも？」

震えながら、涼は茫然と呟いた。すると、そんな彼を蔑むように高槻が冷たく返した。

「他に、君に何ができる……？」

高槻は、おとなしくなった涼の首に首輪を嵌め、鎖をベッドの脚に繋ぐと、躰を仰向けに横たえさせた。そして、はだけたバスローブを肩から剥がし、拘束された憐れな裸身を眼下に置きながら、その下肢を左右に大きく割り開いた。

羞恥と屈辱と、甦る恐怖にわななきながら、涼は言った。

「……あなたは、ただ俺をいたぶりたいんだ。兄さんを殺した俺が苦しむさまを見たいんだ。俺に、償いをさせたいんじゃない。俺に——復讐したいんだ」

高槻は、まるでそれを賛辞と取るかのように残忍な微苦笑を湛えたまま、上着を脱ぎ落とし、涼の上にゆっくりとのしかかっていく。

死よりも残酷な罰に、涼は、誰にも届くことのない哀願の叫びをあげることしかできなかった。

5

微かな物音が聞こえた。

涼がふと目を開けると、カーテンを閉ざしたままの部屋には、いつの間にか夜の闇が忍び込んできていた。

辺りは、ひっそりとしていた。物音は壁を隔てた向こう側からだった。

高槻が帰宅したのだろう。

――もう、そんな時間か……。

ぼんやりと、涼は思った。

いったい、今日は何日なのだろう。

涼がこの部屋に閉じ込められてから、半月近くが過ぎていた。だが、彼には、それだけの時間が経ったという実感がなかった。

日にちの感覚が、すっかりなくなってしまっていた。

目覚めて、辺りが明るければ朝だと思い、暗ければ夜だと思う。だが、それが何度目の朝なのか、何度目の夜なのかはわからない。それを知ったところで何もならないことに気づいてから、数えることをやめた。

そう、夜が明けても、この罰が終わることはない。眠りから覚めても、この悪夢から目覚めることはない。

涼は、この部屋を出るどころか、窓から外を見ることすらできなかった。

後ろ手に手錠をかけられ、首に嵌められた首輪は、ベッド上部の脚に繋がれていた。

拘束を解かれるのは、食事と、トイレに行く時、そして、シャワーを浴びる時だけだった。

それ以外は、まったく自由を与えられなかった。

「君には調教が必要なようだな」と、高槻は言った。

そして、ベッドに繋いだまま、毎夜のように涼を犯した。

まるで、性的凌辱で、鴻上 涼という人格を崩壊させようとしているかのように――。

ややあって、ガチャリ、と部屋のドアが開いた。

涼は目をやった。部屋に入ってくる高槻の姿が見えた。

高槻は、ベッドに静かに歩み寄ると、枕許に置かれたフロアランプの灯りをつけた。

淡いオレンジ色の光がにわかに視界を覆い、涼は眩しさに思わず目を細めた。

「——今日、鴻上代議士に会ったよ」

ベッドの端に腰を降ろし、ネクタイを外しながら高槻が言った。

「Rテレビ主催のコンサートに招待されてね。行ったら、鴻上代議士も息子さんと来ていた。だが、君のことは何も尋ねてこなかった。不思議な父子《おやこ》関係だな、君達は。普通は、どうしているか、多少なりとも気になると思うがね」

「……俺という息子がいたことすらもう忘れてるよ、あの人は。——そんなことより、これを外してくれよ」

横を向いたまま、涼がそう言うと、高槻が肩越しに彼を振り返った。

「君が逃げようとしなければ、外してやるよ」

「逃げようとしてないだろう。だから、外してくれ。痛いんだ、腕が」

高槻は、不意に手を伸ばし、背を向けて横たわる涼の肩をつかんで振り向かせた。

「……そんな神妙な声を出したって、君のその目が裏切ってるよ」

鼻で嗤われ、涼は、淡い光の中に浮かぶ、美しく、冷酷な主人の顔から、ふいっと反抗的な眼差しを逸らした。

「はっ、別に逃げようとしなくたって、外す気なんてないんだよな。大東新聞社の副社長さんは、こういうプレイが好きな変態だから」

「まったく、口が減らないな、君は。そんな性格で、よく代議士秘書なんてやっていられたよ」

苦々しく口の端を上げ、高槻は外したネクタイをベッドの上に放り投げると、涼の躰を覆っていた上掛けを剥いだ。

両手を背中で拘束されたまま、ベッドの脚に繋がれて横たわる裸身を仰向けにすると、その上に覆い被さり、剥き出しの乳首にむしゃぶりついた。

「あっ……」

濡れた舌先で先端をくすぐられただけで甘い痺れが走り抜け、涼は思わず声を洩らした。

俊が好きだった場所だ――そう言って、高槻は涼を抱く時、決まってそこに口接《くちづ》けてくる。もともと兄と同じようにそこが感じやすかったのか、それとも、毎夜、高槻にいじられるせいで敏感になってしまったのか、わずかな刺激にさえ、涼は反応してしまう。

「……素直なのは躰だけか」

嗤笑をこぼしながら、高槻は、唇の中で興奮を示している涼の胸の小さな突起を、抜き取ろうとするかのように強く吸い上げた。

「あぁッ…い、いやッ……」

一方を強く吸われながら、もう片方を指先で優しく擦られ、涼は堪らずに身を捩った。だが、抗いは切なげな身悶えにしかならず、男の愛撫に酔い痴《し》れているようにしか見えない。

そして、執拗にいじり回されている箇所から躰の内側へと入り込む妖しい痺れは、涼の欲望に淫らな熱を集めていった。

こぼれる喘ぎが、荒く、切ないものへ変わっていく。シーツの上に投げ出された下肢が、もどかしげにのたうち、腰が、最も敏感な場所への愛撫をねだるように浮き上がる。

涼の肉体に火がついたのを見て取ると、高槻は、胸を捉えていた唇をゆっくりと下へずらしていった。

涼の視線が揺れる。怯えと期待の入り交じった高揚が鼓動を震わせる。

閉じ合わせていた下肢を大きく開かされ、その中心に高槻の唇が降りてきた瞬間、涼のほっそりとした喉が仰け反り、甘い悲鳴がこぼれた。

高槻は、涼の両腿を両手で抱えるようにして押さえつけ、そそり立つ彼の形を舌先でなぞるようにしながら先端から溢れてくる喜悦の涙を掬《すく》い舐めたかと思うと、すべてを口腔に迎え入れた。唇で擦りながら舌で舐め回し、時折、柔らかく締めつけては、新たに溢れ出てくる雫を唾液とともに啜り上げる。

「や、やめてッ、ああッ……いや……ッ……あっ……あ……っ……」

高槻の口淫は、濃密で、巧みだった。激しくかぶりを振って抗いながら、涼の腰は悩ましく悶えをうっていた。

そして、押し寄せる快楽のうねりに、涼がもう駄目だと思った途端、不意に高槻の唇が離れた。

熱く濡れそぼつ自身が置き去りにされ、夜気に熱を奪われる。突き放されたような心細さに、失望と当惑を込めて高槻を見た涼は、次の瞬間、驚きに目を瞠った。

高槻が、ベッドの上からネクタイを拾い上げ、屹立している涼の根元をきつく縛り上げたのだ。

「なっ!? な、何の真似だッ」

涼は、狼狽《うろた》えた声をあげた。すると、高槻は上目遣いに涼を見ながら、フッと口許に不敵な微笑を浮かべた。

「毎晩可愛がってやってるはずなのに、あまりにたわいなく達《い》ってしまいそうだったんでね。君だって、俺の前でそんな醜態を見せたくないだろう？ それに、こうすれば長く愉しめる」

「ふ、ふざけるなッ。い、いやだッ、こんな――…あぁッ」

涼の頭がガクンと仰け反った。

高槻が、縛り上げて解放を封じた涼に、再び唇を押し当てたのだ。

舌先で先端を舐め回し、吸い上げながら、左右に大きく開かせた下肢の間の最も奥まった場所を探り、柔らかく揉み込んだ後、いきなりグッと指を押し込んだ。

「ひッ…ああっ、そんな…っ――…」

いやいやとかぶりを振る涼の内部を、つけ根まで沈んだ高槻の指が探索するように動き回る。

「……たった半月足らずでも、結構仕込めるものなんだな」

ふと涼の欲望から口を離し、高槻が感心したように呟いた。

「ほら、俺の指を食いしめてくる」

吸いつくような抵抗を味わいながら、高槻はゆっくりと指を引き抜いたかと思うと、今度は二本にしてその狭い場所を貫いた。

「い、いや…ッ！」

涼は反射的に躰を硬張らせ、侵入を阻もうとしたが敵わなかった。無遠慮に侵入してきた二本の指が、彼の中で、明らかな目的を持って、彼を押し拡げ、解きほぐす動きを始めた。

涼の眉が、苦悶と陶酔に歪む。

「可哀相に。他人に触れられたことさえなかった躰だったのにな。今じゃ、毎晩、こうして悪戯されるのが待ち遠しくてしょうがないんだろう？」

高槻の揶揄《やゆ》に、だが、涼は屈辱を感じる余裕などなかった。

彼を知り尽くした指が、的確に官能を捉え、執拗に刺激してくる。サディスティックな唇が、縛られた先端に、再び焦らすような愛撫を仕かけてくる。

妖しい疼きが下腹に起こり、今にも爆発しそうなのに、きつく絞めつけるネクタイが解放を赦してくれない。

塞き止められた熱が、出口を求めて躰の中を暴れ回っていた。

まるで、生殺しだった。

「お、お願いっ…もうやめてッ…やめてくれ…ッ…」

もう耐えられないとばかりに両手を拘束された身を捩らせ、腰を悶えさせながら、涼は嗚咽を洩らしていた。

「――達かせてほしいか？」

高槻が優しく訊いた。

瞳に涙を浮かべながら、涼はこくんと頷いた。

自分が、ひどくみっともなく、情けない姿を晒していることはわかっていたが、どうでもよかった。早く、この気の狂いそうな責め苦から解放してほしかった。

「……こういう時は素直なんだな、君は」

呟きながら高槻は、涼の中にとどめたままの指を小刻みに動かした。

「ああッ！」

涼は、ビクビクッと躰を痙攣させ、狂ったようにかぶりを振った。

封じられた快感は、苦痛でしかなかった。

「達かせてあげてもいいが、最後の仕上げがまだだ」

そう言って高槻は、片手でスラックスのファスナーを降ろし、すでに屹立している欲望をつかみ出した。

「さぁ、これをどうしてほしい？　君の口から言ってごらん。そうしたら達かせてあげよう」

涼は、ぶるっと身震いした。眩暈がしそうだった。

高槻の手の中で、はっきりと形状を変えているものが、どれほど熱く、硬く、そして、仮借ないか、涼は知っている。

毎夜、繰り返される、残酷で甘美な倒錯の儀式。

猛々しい雄の肉塊を女のように身の内に受け入れさせられ、泣いて赦しを乞うても、凌辱者の嗜虐心が満たされるまで、完膚なきまでに嬲り抜かれる。

男に肉体を凌辱されるなど、男にとって最も耐えがたい、屈辱的な悍ましい行為のはずだった。なのに、高槻の、その怖いほどにそそり立つ欲望に、涼の胸が、頭の中が、カッと燃え上がる。戦慄めいた高揚は、恐怖と羞恥だけではなかった。期待が、熱い疼きのように沸き起こってくるのを、涼は抑えることができなかった。

ああ、きっと、俺は壊れてしまったんだ。繋がれたまま、毎日、毎日、この男に弄ばれ、知りたくもないことを教え込まれているから、躰が、心と切り離されてしまったんだ……。

畏《おそ》れながら、怯えながら、涼は消え入りそうな声で言った。

「……て――」

「もっと大きな声で。聞こえない」

「い、入れてッ……いつものように、俺を犯してッ」

高槻は、満足げに片頬を歪めて笑うと、ズルッと指を引き抜き、涼の躰を抱き起こした。

寝台の上に両脚を投げ出すようにして座り、その上に涼を跨《また》がらせる。

灼熱の猛りが下から狭間にあてがわれた時、涼は思わずぎゅっと目を瞑って、固唾を呑んだ。襲いくる衝撃を待ち焦がれ、淫らな興奮に心臓が破裂せんばかりに高鳴っていた。

次の瞬間、高槻は両手でつかんだ涼の腰を、屹立した自身の上に引きずり降ろした。

「あ…あぁ――…ッ」

悲鳴とともに仰け反った涼の全身が、電流に触れたようにピンと硬直した。

高槻の硬化した熱い肉塊が、一気に奥深くまで突き刺さったのだ。

押し出されるように唇からこぼれる呻きは、悩ましげな尾を引きながら、恍惚と震えていた。

指とは比べものにならないほど充実した硬さと太さが、涼をいっぱいに押し拡げ、満たし、そこから痺れるような快感が体内に広がっていったのだ。

だが、それは、縛られている自身にさらに熱を集め、こらえがたい疼きをもたらす結果になった。

「……あっ、あっ…取って…取って…は、早くッ……ちゃんと…言っただろ…ッ…」

ほっそりとした腰を悶えさせ、涼は切迫した声をあげた。

だが、高槻はその訴えを無視した。ネクタイを取るどころか、その上から、ぎゅっと涼を握りしめ、荒々しいリズムで彼を責め始めた。

「い、いやッ！　ど、どうしてッ……!?」

「達かせてあげようとは言ったが、今すぐにとは言ってない」

非難の声を冷たく一蹴すると、高槻は、涼の背に片手を廻し、自分の胸に強く引きつけながら、悶え泣くその顔を覗き込んだ。

「……俺が好きか？　俊」

涼は、わなわなと震えながら、どこまでも残忍で非情な男の顔を、泣き濡れた瞳でまじろぎもせずにみつめた。

「――きだよ……」

「こんなひどいことされても？」

「好きだよっ……好きだからッ……だから、もう赦して……ッ」

その言葉の意味も重みも考えず、ただこの苦しみから逃れたい一心で涼は叫んだ。

そして、その悲痛な叫びが高槻に届くことはなかった。

「――こういう手を使えば、君が従順になることはよくわかったよ。これは、さっき、生意気な口

をきいた罰だ」

そう言って高槻は、両手で涼の腰を押さえながら、後ろへ仰向けに倒れていった。

「さぁ、俺の上で踊るんだ」

膝の上に馬乗りになり、より結合の深まった涼の躰を、緩急つけて巧みに下から揺すり立てる。

涼は悲鳴をあげた。

「そんなッ……あッ、ああッ、いやッ！　やめてッ…あぁッ…やめてッ」

両手を拘束された躰は、露骨な体位から逃れる術もなく、高槻に翻弄されるままだった。快楽を封じられたまま、容赦なく突き上げられ、揺すり立てられ、首から伸びた鎖と一緒に、あられもなく高槻の上で躍りながら、涼は咽《むせ》び泣いていた。

これはもう、調教ではなく、拷問だった。高槻は、無抵抗な涼の肉体をいたぶることを楽しみ、涼は、ほとんど半狂乱の状態に追いやられていた。

「……大丈夫だよ。後で、たっぷり達かせてやる。いやというほどな」

抽挿を繰り返しながら高槻が囁いた。だが、涼には、もう何も聞こえなかった。

「……兄さんと恋人同士だったなんて嘘だろう？」

高槻がベッドを降りる気配に、涼は、ぐったりと横臥したまま呟いた。

相変わらず彼の両腕は背中で拘束され、首輪の鎖はベッドの脚に繋がれたままだったが、たとえ拘束が解かれていたとしても、彼はそのままの姿で、そのままの位置で横たわっていただろう。

散々嬲り抜かれた躰は、精根尽き果て、指一本動かせない有様だった。

そして、ずっと泣き叫んでいたせいで掠れてしまった彼の声は、微かな囁きのように高槻の耳に届いた。

「——なぜ？」

淡いオレンジ色の照明の中で、高槻はベッドの端に腰をかけ、しどけなく投げ出された涼の裸身を何の感情もなく見下ろしながら尋ね返した。

涼は答えた。

「兄さんが、あんなことしてたなんて信じられない」

兄も、自分と同じように高槻に抱かれ、そして、自分と同じように狂態を演じていたとは、涼には想像することさえ難しかった。

高槻の肩が苦笑に揺れた。

「まさか。俊にあんなことするはずないだろう。彼は、性的なことに疎かったから、いやがるようなことは一切しなかった。だいたい、互いにまだ高校生だった」

「あんなことの他はいやがらなかったとでも？　あの兄さんが」

「……君は、俊がセックスしていたことが信じられないのか？」

「そんなことに興味がある人に見えなかった」

涼がそう答えると、高槻はいささか驚いたように眉を上げた。

「君は、俊を随分と美化してしまっているんじゃないか？」

「美化するも何も、俺はそういう兄さんしか知らない」

横を向いたまま、涼は独り言のように呟いた。

「頭が良くて、何をやらせても優秀で、非の打ちどころのない人だった。気がついたら、俺には遠い存在の人になっていた。近づいてはいけない人になっていた」

「……」

「俺には、兄さんが誰かに惹かれたり、欲望を感じたりするなんて想像もつかなかった。自分から何かを強く求めたりすることもなかったし、感情をあらわにすることもなかったから、欲望や激情があの人の中には存在しないのかと思っていた。だから、俺には、あの人が、どこか人形のような無機質な存在に見えた。たぶん、人間的な醜さや、俗っぽさや、欠点も持っていたんだろうけど、それが見えるほど、俺が兄さんに近づくことも、兄さんが俺に近づくこともなかった」

記憶の中の兄は、言葉数の少ない、穏やかな人だった。

涼がどんなに乱暴で、反抗的な態度を取っても、怒ることも、不快の色を浮かべることすらなかった。

だが、たった三つしか違わない兄の、その諦観した寛容さと、冷静さは、ただでさえ兄に引け目を感じていた涼には嫌味にしか感じられず、そして、どうにもならない妬みや、寂しさを怒りにしてぶつける自分をみつめる時の兄の目は、どこか哀しげで、憐れみを含んでいるようで、それが余計に彼を惨めにさせ、苛立たせた。

涼にすれば、いっそ怒ってほしかった。「甘えるな」と、思い切りひっぱたいてほしかった。

決して感情をあらわにすることのなかった兄は、心の奥では何を思っていたのか。

反抗することでしか自分の存在を顕示できなかった弟を、家族の中で孤立してしまった出来損ないの弟を、どう思っていたのか。

両親のように突き放すわけでもなく、かと言って手を差し伸べるわけでもなく、ただ黙ってみつめながら。

いつからか、涼が兄を遠くに感じるようになったように、兄も弟を遠くに感じていたのだろうか。

どうやって接すればいいのか、どうやって近づけばいいのか、わからなくなってしまっていたのだろうか。

兄が何を思っていたのか知りたくても、真実は、兄の命とともに海に消えた。

せめて、あの日の事故のショックで欠落してしまった、海に落ちる前の記憶を取り戻せれば、兄の真意の欠片ぐらいは拾い上げることができるのだろうか。

あの日の寂しげな微笑の裏にあった真意の欠片ぐらいは――。

「――あなたは、本気で俺を兄さんの身代わりにするつもりなのか？」

涼は、わずかに首を起こし、ベッドの端に腰をかけている高槻を見やった。

「あなたは、単に俺をいたぶりたいだけなんだろう？　あなたが毎晩、俺にしていることは、俺を〝鴻上俊〟にしようとしてるんじゃなく、俺のプライドと人格を蹂躙し、無理矢理、屈従を強いているだけだ」

遠慮のない涼の物言いに、だが、高槻がこぼしたのは冷笑だった。

「俊の代わりにするなら、俊を扱うように優しくしろって言いたいのか？」

「誰もそんなこと……」

涼は、あからさまにムッと眉を顰めた。高槻が、おどけるように小さく肩をすぼめた。

「そんな激しい目をしているうちは、俊のようには扱えないな。俊のように扱ってほしければ、俺に対して従順になりたまえ」

「従順、って――」

「俺は、いわば君の主人だ。君は、俺の言うことには一切逆らわず、素直に従え、ということだ」

「そうやって、俺を徐々に兄さんにしていくつもり？　じゃあ、俺がいつまでも逆らっていたら、いつまでも兄さんの代わりにできないってことだ」

「心配はいらない。君の躰は、日に日に従順になっているから」

涼の頬に、カッと羞恥がのぼった。

「それは俺の意思とは関係ない。躰だけ従順になったって意味ないだろ」

むきになって吐き捨て、涼は赤く染まった顔を、ふいっと背けた。後ろで高槻が、声をたてずに笑っているのがわかった。

「……俺を兄さんの身代わりにして何がしたい？　振られた腹癒《はらい》せか？」

「はっ、君らしい発想だな」

高槻は、苦笑とともに独りごちた。

「俺は、もう一度、俊を描きたいんだ」

涼は、怪訝な色を浮かべて高槻を振り返った。

「もう一度？　今になって、なんのため――」

「余計な詮索はいい」

ぴしゃりと涼の言葉を遮り、高槻はベッドから立ち上がった。

「君はそれより、その言葉遣いを直しておけ。さっき、鴻上代議士と会った時に、息子さんの誕生日パーティーに招待された。明後日《あさって》だ。君も連れていく」

途端に、涼は色を失った。

「嘘、だろ……」

「嘘じゃない。だから、外では行儀よくしといてくれよ、元代議士秘書君」

「い、いやだッ！　俺は行かないッ」

涼は、かぶりを振りながら、思わず上擦った声をあげた。

彼の脳裏には、弟の――健史の顔が浮かんでいた。

確かに、健史と約束した。お前の誕生日には行くよ、と――。健史は、嬉しそうに笑っていた。

だが、こんな――男の愛人に成り下がった身で、健史の前に立てるわけがない。

「いやだ。なぜ、俺が一緒に行かなければいけないんだ」

「なぜ――って、君の弟の誕生日パーティーだろう。それに、何も君を俺の愛人として連れていくわけじゃない。ちゃんと、俺づきの秘書として連れていくんだ。君が心配するようなことはない」

高槻の言葉に、だが、涼は頑なにかぶりを振る。

でも――父は知っている。俺が高槻の慰みものになっていることを。秘書の小早川も。そして、何も知らない健史も、きっと感じ取ってしまう。俺が、今までの俺ではなくなってしまったことを

——。

「頼むから、やめてくれ。健史に——弟に、こんな自分を見せたくないんだ」

泣き出しそうに瞳を歪め、涼は必死に食い下がった。

だが、高槻には、涼の気持ちを酌む気など毛頭なかった。

「なら、〝こんな自分〟を嗅ぎつかれないよう、上手くやるんだな」

冷ややかに言い捨てると、高槻は縋るような涼の視線を断ち切って部屋を出ていった。

6

高槻の帰宅は、いつもより早かった。

高槻は部屋に入ってくると、灯りをつけ、思わずベッドの中に潜り込んだ涼から上掛けを剥いで、彼の首から首輪を外した。

「――シャワーを浴びてこい」

だが、涼は、ベッドから降りようとしなかった。高槻に背を向けて横たわったまま、ぴくりとも動かなかった。

「パーティーには出席しない、と言いたいのか？」

「……」

「昨夜、『出席するから赦して』と言っていたのは、嘘だったってことか？」

涼は答えない。

高槻が健史の誕生日パーティーに招待されたことを、そして、そこに自分を同行させることを、一昨日の夜、聞かされた。

いやだと言っても高槻は聞き入れてくれず、昨夜も、「健史の誕生日パーティーには出席しない」と頑なに言い張ったら、一晩中、拷問のように嬲られ続けた。結局、その責め苦から逃れたいがために、「出席する」と言ってしまったのだ。一晩明けたら、その場しのぎに口から出任せを言ってしまったことを、激しく後悔した。

どうしても出席する気持ちになれなかった。

いつもは、ベッドに繋がれ、部屋に閉じ込められているのが苦痛で堪らないが、今夜は、健史の誕生日パーティーのある今夜だけは、この部屋に閉じ込めておいてほしかった。

健史に——いや、俊之にも、小早川にも、招かれた客達の誰にも、会いたくなかった。

副社長秘書という肩書きをつけてみたところで、高槻と並んで立てば、その男のペットであることは、きっと誰の目にも明らかだろう。

連夜の荒淫のせいでやつれた顔。肉体を売りものにしている人種特有の淫らで、下品な匂いが、きっとこの躰から漂っている。

以前は、他人《ひと》の目など気にならなかった。なのに今は、外に出ることが、他人の目に触れることが怖い——。

「……昨夜、散々君の躰にわからせてやったのにな。まだ足りないのか」

高槻は、苛立ちを押し殺したような声でそう言うと、後ろ手に手錠をかけられたままの涼の躰をベッドから引きずり降ろした。

クローゼットの扉を開け、中の鏡に向かって胡座《あぐら》をかいた上にその躰を乗せ上げる。まさか——と抗う隙もなく、涼は鏡の前で、後ろから膝裏をつかまれて両脚を開かされ、小さな子供に排泄させる時の姿勢を取らされた。

「い、いやッ……!」

涼は激しく狼狽した。だが、逃げようにも、両手を背中で拘束され、両脚を押さえられているために、ただ上体を虚しく捩ることしかできない。

高槻は、涼の背中を自分の肩に預けさせて上体を心持ち仰向けに倒させると、鏡に向かって腰を突き出させた。両脚を拡げさせたまま、掌にすっぽり収まりそうな小さな双丘を両手でつかみ、ぐいっと左右に割って、秘所をあらわにさせる。

「いやだッ……いやッ……」

気が狂いそうな羞恥に、涼は声をあげて抗った。鏡には、両脚を大きく拡げて、秘所を剥き出しにしている、これ以上ないほどの無様な自分の姿が映っていた。

「すごいな。こんな角度から見るの、初めてだ。君も、自分のを見るのなんて初めてだろう」

高槻の声には、露骨な揶揄があった。

「ほら、綺麗なピンク色だ。君はこんな小さなところに、毎晩俺のものを咥えているんだぜ？　信じられないだろう？」

言われて、涼は、思わず鏡の中のその場所に目をやってしまった。

そして、目を背けた。そこは、初めて見せられる、自分の最も恥ずかしい場所だった。

「——ちゃんと見るんだ」

羞恥と屈辱に震える涼に、勃然として高槻が冷たく言い放った。

涼は、驚いたように目を瞠り、鏡に目を向けた。すると、口許から嗤笑の消えた高槻の、傲慢で、冷酷な支配者の目が、彼を見据えていた。

「いいか？　君は俺には逆らえないんだ。君に意思なんかあっちゃいけない。あったところで、俺には聞く気はない。君はただ、俺の言うことに黙って従えばいいんだ」

そう言うなり高槻は、乱暴とも言える動作で、涼の剥き出しの秘所にグッと右手の中指を押し込んだ。

「ひッ……!?」

涼は声を呑み、躰を硬直させた。反射的に、ぎゅっと目を瞑ると、またしても高槻の冷たい声が言った。

「見てろと言っただろう」

高槻の声は静かだったが、竦み上がるほど威圧的だった。

涼は、怯えながら、おずおずと目を開けた。高槻の指が、ゆるゆると自分の中に呑み込まれていくのが見えた。

やがて、高槻の中指は、つけ根まで入って見えなくなると、内部で妖しく動き始めた。敏感な箇所に触れられ、涼の躰にビクッビクッと震えが走る。途端に欲望が頭を擡《もた》げ、見る間に形を変えていった。

「あ……」

涼は愕然とした。

高槻に嬲られながら、まるでそれを悦んでいるかのような、あからさまな反応だった。

今まで、これよりもっとひどいことをされてきた。もっと恥ずかしい姿を晒してきた。だが、その姿を自分で見ることがなかったから知らずにいられた。

自分が、これほどまで恥知らずな肉体になっていたことを。

「――めて……」

あまりの恥辱感に泣き叫びたくなりながら、涼は言った。

「……お願い……もうやめて……」

だが、高槻は聞き入れなかった。右手の中指で涼を執拗にいじりながら、左手の中指をも彼の中に沈めてきた。

「あぁッ……」

涼は、高槻の肩に預けた上体を大きく仰け反らせた。

二本の指が、それぞれ別の意思を持った生き物のように動き回っては、涼の官能を刺激する。

「ああ……やめて…っ…いや…っ…」

「どうした？　こうされると気持ちいいんだろう？」

高槻の囁きに、涼は必死にかぶりを振る。

「嘘をつけ。躰は正直だ。ほら、こんなに悦んでる」

いつしか喜悦の涙まで溢れさせている涼の屹立した欲望を見ながら、高槻が嗤う。涼は、喘ぎに似た苦しげな声音で叫んだ。

「あ、あなたがこんな躰にしたんじゃないかッ。こんな、いやらしい、浅ましい躰に、俺をッ」

涼の目尻には屈辱の涙が滲んでいた。だが、今更、高槻に怒りをぶつけたところでどうにもならないことを、彼自身が一番よく知っていた。

高槻は鏡の中で、ふっと苦笑すると、涼の秘所から不意に指を引き抜いた。

安堵と落胆の溜息をついて、涼はぐったりと高槻の肩に凭れかかった。目蓋を閉じた途端、目尻にとどまっていた涙がこぼれ落ちた。――が、次の瞬間、彼の瞳はハッと見開かれた。

高槻の両手が、後ろから彼の太腿をつかんで、ひょいと持ち上げたのだ。その下に、高槻の屹立した欲望が見えた。

鏡に映ったその様相に、涼は息を呑んだ。

今まで、何度も高槻の肉体は見ていた。何度もそれで犯されていた。だが、それが自分の中に入っていくところを見たことはなかった。

鏡に映る狭間に突き立てられた高槻の欲望は、今まで目にしたものより、遥かに大きく、恐ろしいものに見えた。そんなものが自分の中に入るとはとても信じられなかった。

「いやだッ！」

先端がこじ開けるように侵入してきた時、涼は思わずそう叫んだ。

だが、高槻は構わず、そそり立つ自身の上に涼の躰を降ろしていく。

「あ……嘘……嘘——……」

高槻の太い猛りをずぶずぶと受け入れていく自分の躰におののきながら、涼はその信じがたい光景から目を離すことができなかった。

やがて、彼の躰は、いっぱいに拡げられた秘部をあらわに、すべてを呑み込まされ、下から串刺しにされていた。強烈な圧迫感に仰け反り、猥褻《わいせつ》な己の姿に大きく胸を喘がせていると、高槻が、生々しい交合を見せつけるように、彼の両脚を鏡に向かって大きく開かせたまま、その躰をゆさゆ

さと揺らし始めた。

持ち上げ、引きずり降ろし、また持ち上げる。そのたび、あられもなく拡げられた白い双丘の狭間を、男の硬く張り詰めた肉塊が出たり入ったりする。そうして後ろを無惨に犯されながらも、涼の欲望は歓喜にそそり立ち、切ない涙を降りこぼしている。

鏡に映し出されるその凄まじく、卑猥な光景に、涼はもう声も出なかった。

「……わかったか？　これが今の君だ」

「……」

「鴻上代議士の息子であるという誇りも、堅実で、ストイックな代議士秘書の面影も、今の君にはない。ここにいるのは、名前も、過去も、人格までも失った、父親に金で売られたただの奴隷さ。君にはもう、守るべきプライドなんてないんだよ」

鏡の中のあられもない自分に茫然自失となっている涼をみつめながら、高槻がほくそ笑む。

「――もう俺に逆らったりしないな？」

鏡に向かって涼は頷きを返す。

「パーティーに行くな？」

頷きながら、涙がこぼれた。

約半月ぶりに涼はスーツを着た。

ずっと屈辱的な状態に置かれていた躰だった。それが、ようやく拘束を解かれ、人間らしく衣服を着けることを赦されながら、そのスーツがまるで鉛の糸で織られてでもいるかのように重く感じられた。外された手錠と首輪の代わりに、それが一個の大きな桎梏《しっこく》となって躰を拘束しているような気がした。

「――用意はできたか？」

自分の仕度を終えた高槻が部屋に入ってきた。

高槻は、今夜のパーティーのために用意したスーツをちゃんと着ている涼を見て、満足げに笑いながら、つかつかと近づいてきた。

「おもしろいものだな。久し振りにそんな恰好をさせると、裸でいる時より、いかがわしく見える」

そう言って高槻がスッと襟元に手を伸ばすと、涼は思わず、ぴくっと首を竦ませた。

「どうした？」

わずかに曲がっていたネクタイを直してやりながら、高槻が怪訝な顔をした。

高槻に触れられた瞬間に、先刻の鏡の前での行為を思い出してしまったのだ。まとわりつく羞恥と歓喜の余韻を振り切るように、涼は、小さくかぶりを振ると、呟くように言った。

「……時計を――」

「え？」

「時計を返してもらえませんか？　外に出る時は、必ずしていたので」

かつての口調に戻った涼に、高槻は微苦笑を浮かべながら、部屋のクローゼットの中から、仕舞っておいた腕時計を取り出して渡した。

そして、涼が腕時計を左腕に嵌め、安堵したように息をついたのを見て取ると、その肩に腕を廻し、外へと促した。

「行こう。車を待たせてある」

エレベーターを降り、高級ホテルのようなロビーを通り抜けて、エントランスに向かって歩いていくと、マンションの前に、一台のベンツが停まっているのが見えた。

「……あれに乗っているのが本当の俺の秘書だ」

涼の肩を抱いたまま、高槻が呟いた。

涼は、ギクリとして俯いていた顔を起こした。すると、高槻は、涼が不安を口にするより先に言った。

「君は黙っていればいい。彼はわかっているから、大丈夫だ」

「わかって…いるって――」

「俊と君のことを調べ、鴻上代議士にコンタクトを取ってくれたのが彼だ」

その事実は、逆に涼を動揺させた。

なら、その男は、自分が高槻の愛人として、このマンションの一室で飼われていることを知っているということだ。

堅牢なセキュリティーを備えたマンションのエントランスから二人が出ていくと、ベンツの運転席から男が降りてきて、無言のまま後部座席のドアを開けた。

濃紺の背広を着たその男は、四十代前半か、半ばぐらいだった。物静かで、実直そうな印象が、俊之の寡黙な第一秘書――小早川と重なる。

いったい、代議士秘書から男娼へと転落してしまった自分をどう思っているのか。

謹厳実直な仮面の裏で憫笑《びんしょう》を浮かべているかと思うと、涼は、肩に置かれた高槻の手を振りほどいて、この場から逃げ出したかった。

だが、必死にそれに耐えた。この場から逃げ出したところで、変わってしまった今の自分から逃げられるわけではなかった。

先に高槻が後部座席に乗り込んだ。それに従い、涼も車に乗り込むと、高槻の隣におとなしく座った。男がドアを閉めた。

「――関谷《せきたに》は、親父の筆頭秘書だった。子供の頃から俺を知っている。一番信頼のできる男だ」

涼が男のことを気にしているのを察し、高槻が言った。

だが、それは、涼にとって何の慰めにもならなかった。

関谷という秘書が、どんなに忠実で、信頼できる人物であろうが、自分が男の慰みものにされている事実を知っていることに変わりはない。

知られているというだけで、涼はいたたまれない気持ちになる。

高槻は、君にはもう守るべきプライドなどない、と言った。確かに、涼のプライドはもうズタズタだった。だが、ズタズタだからこそ、耐えがたい恥辱があるのだ。

関谷は、わざとそう振る舞っているのか、運転席に戻ると、涼のことなど、まったく意に留めていない様子で、やはり無言のまま速やかに車を発進させた。

高槻も、関谷に声をかけることはなかった。

三人の沈黙を乗せたまま、車は閑静な高級住宅街を抜け、高井戸にある鴻上邸へと向かった。

7

鴻上の邸宅を訪れるのは、半月ぶりだった。だが、あの夜から、半年も、一年も、いや、もっと長い時間が過ぎた気がした。

涼は、車を降りると、厳めしい門構えの家を、最後まで自分を暖かく迎え入れることのなかった家をぼんやりと見た。

もともと愛着の感じられない場所だった。こうして久し振りに訪れても、まるで他人の家のようなよそよそしさを覚えるばかりで、懐かしさのようなものはない。

そこは、もう涼の帰る場所ではなかった。

最後に訪れた夜、俊之から告げられた言葉が涼の胸裏に甦ってきた。

（私は一言も、お前にこの家を継がせるとは言っていないし、継がせるつもりもない）

涼の心の傷は、少しも癒えていなかった。

涼は、彼の後から車を降りた高槻を振り返った。

この期に及んで躊躇《ためら》いを向ける彼に、高槻は静かに言った。

「……君一人で行ってきたまえ」

「え？」

「鴻上代議士に招待されたというのは嘘だ。実は、君の弟――健史君だったか――彼に、君を連れてきてくれと頼まれたんだ」

涼の表情が驚きに変わった。

「健史に？」

「ああ。彼は、君が大東新聞社の取締役秘書として引き抜かれたと聞かされていたらしい。コンサートホールで会った時、俺がそこの副社長だと知ると、『明後日の誕生日パーティーに、兄と一緒に来てもらえないだろうか』と言ってきたんだ。『兄は、行くと約束はしてくれていたけど、最後に会った時に何か怒っていたようで、もしかすると来てくれないかもしれないと思って』と、とても心配していた。俺がパーティーに出席するとなったら、秘書である君は従わざるを得ないと思ったんだろう」

「なら、どうして最初から、そう――」

「最初からそう言っていたら、君は素直に出かけたか？」

「……」

「君の弟は、とても君のことが好きなんだな。君に会いたさに、関係のない俺まで誕生日パーティーに呼ぶんだから。まったく、兄弟揃って物好きだ」

呆れたような呟きの最後の意味が、涼にはよくわからなかった。

聞き返そうとしたが、声に出すより先に、高槻にトンと背中を押された。

「早く行ってこい。あまりに真剣に訴えられてしまって、ついこっちも、『絶対に連れていくから心配いらない』と言ってしまったんだ」

「じゃあ、一緒に――」

「パーティーは苦手だ」

そう言って、高槻は笑った。笑ったように見えた。きっとそれは、街灯の明かりでできた蒼い陰影のせいだった。

涼は、困惑を浮かべながら、しばらく躊躇っていたが、もう一度、そっと背中を押されると、おずおずと歩き出し、いつしか門の前に立っていた。

チャイムを鳴らし、インターホンで応対に出た、お手伝いの佳代子に「涼です」と名乗った。間もなくして門が開き、佳代子が出迎えに現れた。

「どうしたのですか？　こんなところから他人行儀に。中にお入りになって構いませんのに。健史様のお祝いにいらっしゃったのでしょう？」

「ああ。悪いけど、健史を呼んできてもらえないか？」

佳代子に促されて邸内に入った涼は、門から玄関に向かって続く石畳のアプローチの中程で足を止めた。佳代子が、きょとんとした顔で振り返った。

「健史様をここに、ですか？　中にお入りにならなくてよろしいのですか？」

「いいんだ。健史にお祝いを言いにきただけだから。それで、父さんには、俺が来ていることは言わないでおいてくれないか」

高槻が一緒でないのなら、パーティーに顔を出す必要はないだろう。

「あ――ええ。わかりました」

佳代子は頷き、足早に客人達で賑わう屋敷の中に戻っていった。

彼女は、昔から俊之と涼の折り合いがよくないことを知っていた。涼が家の中に入ろうとしないのは、俊之と顔を合わせたくないからだと察したようだった。

佳代子が呼びにいってすぐ、健史が玄関から出てきた。

健史は、仄暗い闇の中に佇む涼の姿を認めて一瞬足を止めると、遠慮がちにそばへと寄ってきた。

「――遅くなって悪かったな。誕生日おめでとう」

緊張した面持ちの弟に、涼もまた、どこかぎこちなく微笑みながら言った。

すると、健史は、嬉しいのか、哀しいのか、今にも泣き出しそうな笑顔をこぼし、俯いた。

「……来て、くれないかと思った」

「どうして？　約束していただろう？」

「だって、だって、兄さん――」

かぶりを振りながら健史は、だが、それ以上は言おうとはしなかった。

少年は、最後に会った夜に、兄に睨まれたことをまだ気にしているのだ。

「ごめんな。不安にさせて」

涼がそう言うと、健史は、「いいんだ」と、またしてもかぶりを振った。

「俺、知ってたから。兄さんが俺を疎ましく思ってたこと」

「……」

「知ってたけど――知らないフリをしてた。だって、俺は――俺は、ずっと兄さんが好きだった。五年前、この家に来たばかりの頃、広い屋敷の中で遊ぶ相手もいなくて、ぽつんと一人でいたら、兄さんが声をかけてくれたことがあったんだ。『今日は学校でどんなことがあったんだ？』って。まだ小学生だった俺に気を遣ってくれていたんだと思う。でも、俺はその何気ない言葉がすごく嬉しかった。その時、この家で、やっと自分の居場所をみつけられた気がして――」

俯く健史の細い肩は、震えていた。

鴻上の家に来るまでの健史を、涼は知らない。

だが、おそらく、ただでさえ忙しい父は、少年がそばにいてほしい時に、そばにいてくれたことがなかったに違いない。自分の境遇をまだよく理解することのできなかった幼い少年には、彼の寂しさを理解してくれる人もいなかったのだろう。少年は、孤独だったのだ。

涼は、突然現れた八つも歳の違う弟に、特別何かをしてやったという記憶はなかった。ただ、ぽつんと一人でいた彼に声をかけた時、家の中で孤立していた自分と重なったのかもしれない。「今日は学校でどんなことがあったんだ？」——それは、きっと、自分がかけてもらいたかった言葉だ。

「俺、この家で父さんと一緒に暮らせることより、兄さんと暮らせることが嬉しかった。だけど、兄さんは家を出ていってしまった——。俺は、もっといっぱい兄さんといたかった。もっといろんなこと、兄さんと話したかった。きっと兄さんは、俺のそんな気持ちが鬱陶《うっとう》しかったんだよね。わかってたけど、俺はどうしたらいいかわからなかった。兄さんに嫌われたくないのに、嫌われるようなことばかりしてしまう。……ごめんなさい……本当にごめんなさい……」

時折、声を詰まらせながら、少年は、「ごめんなさい」と繰り返す。

涼は、健気な健史の想いが切なかった。

どうして？　どうして謝る？　お前は何も悪くないのに。

どうしてお前は、それほどまで俺を慕ってくれるんだ。

誰からも愛されない、愛される価値のない人間なのに。お前に、兄らしいことを何一つしてやれなかったのに。

「……お前が謝ることなんてない。お前は何も悪くないいんだから」

涼は言った。

健史が静かに顔を上げた。

「俺はお前が疎ましかったんじゃない。お前が羨ましかったんだ」

「……羨ましかった？」

「ああ。羨ましい――いや、妬ましかった。お前は、俺にないもの、すべてを持っていたから。素直で、優しくて、誰からも愛されて――。俺も、お前のようになりたかった」

そう、健史は、涼がそうありたかった〝弟〟そのものだった。

もし、俺が健史のような〝弟〟だったなら、兄をあんな形で失うことはなかったかもしれない。

涼は、健史が羨ましく、妬ましく、それと同時に、兄の前で、一度として健史のように振る舞うことのなかった自分が哀しかった。

兄が生きていた時は、兄を羨み、その兄がいなくなれば、今度は弟を羨む。そうやって、俺は、一生誰かを羨み続けながら、自分自身は満たされることなく終わるのだろうか。

「な、なんで？　なんで、兄さんがそんなこと言うんだよ？　俺みたいになりたかったなんて、なんで――。兄さんは俺の憧れの人なのに。俺は、兄さんみたいになりたいのに」

健史は、涼の言葉に傷ついたように瞳を歪めながら、また俯いた。足許に、ぱたぱたと光る雫が落ちるのが見えた。

涼は、そっと腕を伸ばして、項垂《うなだ》れる少年の柔らかな髪に触れようとした。だが、その手は、ふと迷いを見せ、少年のわずか手前で虚空を握りしめると、静かに脇に降ろされた。

今が夜であることを、ここが屋敷の灯りから遠い場所であることを、涼は秘かに感謝した。もし、昼間だったなら、もし、明るい光の下だったなら、きっと健史に知られてしまっただろう。俺がもう、今までの俺ではないことを。健史に、憧れの人だと言ってもらえるような、「兄さん」と呼んでもらえるような人間ではないことを。

実の父親に見捨てられ、生贄として差し出される以外、必要とされない俺は、健史とはもう生きる世界が違うのだ。

目の前で泣いている弟を抱きしめてやることすらできず、黙って佇みながら、涼は、左手に嵌めていた腕時計を外した。

今、身に着けているもので、自分のものはこれ一つだった。出かける間際、この時計だけ高槻に返してもらっていた。

時計を外した瞬間、かつてナイフで切りつけた時の傷跡と、数時間前まで嵌められていた手錠の跡が目に入った。まるで、罪人につけられた烙印のようだなと、やけに冷めた頭で思い、涼は、それをワイシャツの袖の中に隠した。

そして、外した腕時計を健史の前に差し出した。

健史は、驚いた表情を浮かべながら、ゆっくりと顔を上げ、涼を見た。彼の瞳は、まだ涙を含んで濡れていた。

「……これ？」

「誕生日プレゼント。時間がなくて買いにいけなかったんだ。これで勘弁してくれ」

そう言って、涼がちょっとバツが悪そうに笑うと、健史は、それを受け取っていいものかどうか迷いながら、心配そうに尋ねた。

「でも、これ、兄さんがいつもしてたヤツでしょう？　時計がなかったら、兄さん、困るんじゃない？」

「俺のことなら、心配しなくても大丈夫だよ」

時間など関係のない暮らしを、傷跡を隠す必要のない暮らしをしているから。

健史は、遠慮がちに涼の手から腕時計を受け取った。

「悪いな。そんなものしかなくて」

「ううん、嬉しい。ありがとう。大切にする」

少年は、片手で、ぎゅっと涙を拭い、ようやく笑顔を見せた。そして、早速、兄と同じように、腕時計を左手に嵌めてみせた。少年のほっそりとした手首に、それはまだ少し大きいようだった。

「……ねぇ、兄さん、あの人と一緒じゃないの?」

健史は、しばらく嬉しそうに腕時計を眺めていたが、ふと思い出したように尋ねた。

「あの人?」

「大東新聞社の副社長。今夜のパーティーに、同行しろって言われたんでしょう?」

言いながら、見る間に健史の表情が不安げに沈んでいく。

高槻に、兄を連れてきてくれ、と頼みながら、本当は健史は、涼に自分の意志でここに来てもらいたかったのだ。

涼は、高槻が自分を一人でここへ向かわせた本当の理由を知った。

涼が自分の意志でここに来たことにしようとしたのだ。健史を傷つけまいとして。

「……いいや、何も言われてない。俺、一人で来たんだ」

健史の顔がホッと和らいだ時だった。屋敷のほうから、少年を呼ぶ声が聞こえた。

見ると、玄関から佳代子が顔を出し、健史に向かって手招きしていた。

「——健史様。旦那様がお呼びですよ」

健史は、困惑したように涼を見上げた。

「行きなさい。主役のお前がいつまでも戻らないと変に思われる」

涼がそう言うと、健史は途端に寂しそうな顔をした。涼は、静かに微笑を返し、「ほら」と、中に戻るよう促した。

「……また、会えるよね？」

後ろ髪を引かれる思いで振り返りながら、健史は言った。

「また、会えるでしょう？　兄さん」

涼は微笑みを浮かべたまま、「ああ」と頷いた。

少年は再び笑顔に戻り、腕時計を嵌めた左手を誇らしげに振って、玄関へ駆け戻っていった。

ドアを閉める前に、佳代子が涼に向かって、ぺこりと頭を下げた。

涼も小さく頭を下げ、そして、踵を返した。

もう二度と、この家に来ることはないだろう――そう思いながら。

8

寝返りを打つと、頬にぬくもりが触れた。

心地好さに、涼は思わず擦り寄りながら、次の瞬間、そのあり得るはずのない感触に、ハッと目を覚ました。

ぬくもりの正体は、男の広い胸だった。

おずおずと躰を起こして見れば、横で高槻が眠っていた。

高槻はワイシャツを着たままだった。涼もまた、上着とネクタイこそ着けていなかったが、昨夜、健史の誕生日パーティーに出かけた恰好のままだった。辺りを見回すと、ベッドの足許に、二人ぶんの上着とネクタイが無造作に脱ぎ捨ててあった。

そして、その時、初めて涼は、自分の躰が拘束されていないことに気がついた。ベッドの中にいる時は、必ず嵌められていた手錠も、首輪もどこにも見当たらなかった。

わけがわからず、ぽかんとしていると、傍らに眠る男が静かに目を開け、涼を見た。

「……なんだ、起きていたのか？」

「なぜ――なぜ、ここに？」

涼は、一番不可解に思っていることを尋ねた。

これまで、高槻が涼のベッドで眠ったことはなかった。一晩中、涼をいたぶって愉しんでも、終わった後は、さっさと自分の寝室へ戻っていった。欲望が満たされれば、涼のことなど一顧だにしないといったふうだった。

「何を言ってるんだ。君が、『もっと、もっと』とせがんで、俺を離さなかったんだろう」

怪訝な顔をしている涼を見上げながら、高槻が呆れたように言った。途端に、涼は耳まで真っ赤になり、横たわる男から慌てて身を離した。

「う、嘘だッ」

高槻が、ふっと失笑をこぼした。

「嘘だよ。ちゃんと服を着ているだろう。昨夜は何もしなかった」

笑いながら、ゆっくりと身を起こす。

「ただ、俺を離さなかったというのは本当さ。昨夜、車の中で眠ってしまった君をここまで抱いて運んでやったんだが、人の躰にしがみついたまま離れようとしなくてね。仕方ないから、そのままここで一緒に眠らせてもらったよ。こっちも眠かったしね」

「しがみついたまま？　俺が？」

「ああ。いったい何の夢を見ていたんだか。上着を脱がせるのもやっとだった」

そう言われて、涼は、昨夜を振り返った。

昨夜、健史と別れ、鴻上邸の門を出た時、路上に停めたベンツの横に高槻が佇んでいたのは覚えている。だが、再びベンツに乗り込んだ後の記憶はない。

思えば、部屋を出て、まともに歩くのは半月ぶりだった。おそらく昨夜は、出かける前に鏡の前で犯されたダメージも手伝って、気力だけで立っていたに違いない。そして、鴻上邸を出た途端、緊張の糸が切れたのだ。

だが、どうして高槻にしがみついていたかは知らない。どんな夢を見ていたかも、覚えていない。

なんとなく決まりが悪く、涼が黙ってしまうと、高槻は、またしても小さく肩を揺らし、ベッドから降りた。そして、自分の上着とネクタイを拾い上げながら言った。

「――そう言えば、君は、胎児のように躰を丸めて眠るんだな。その状態で、俺のシャツをずっと離さずにいるものだから、俺はなんだか君の母親になったような気分だったよ」

「……」

「幼児性が抜けていないのか。本当は、誰かに甘えたいという気持ちの現れ――」

「そんなこと、どうだっていいだろう！」

涼は、羞恥に顔を赤く染めながら、思わず枕を高槻に向かって投げつけた。

「ほら、そうやってすぐムキになるところが、幼児性の抜けていない証拠だ」

飛んできた枕を難なく受け止め、高槻が笑う。

「ま、シャワーを浴びて頭を冷やしたら、リビングに来たまえ。着替えはクローゼットに入っているる」

「え？」

「朝食だ。向こうで食おう」

きょとんとしている涼に、高槻は枕を投げて返しながら、当たり前のようにそう告げると、上着とネクタイを持って部屋から出ていった。


いったいどういうことなのか、涼にはさっぱりわからなかった。

どうして高槻は、突然、自分を自由にしたのだろう——。

ベッドを降りて部屋のカーテンを開けると、窓の外には晩秋の晴れ渡った青空が広がっていた。

こんな澄んだ空を見るのも、明るい陽光を浴びるのも、久し振りだった。

それから、涼は、着替えが入っていると言われたクローゼットを開けてみた。何着もの洋服が、クローゼットいっぱいに並んでいた。そして、いつ戻しておいたのだろう、涼が、高槻と初めて会った時に着ていたスーツと、棚の上には、とうにバッテリーの切れた携帯電話と財布が置いてあった。

涼は、一旦クローゼットを閉めると、バスルームへ行ってシャワーを浴びた。そして、再びクローゼットを開け、その中から、一番ラフなオフホワイトのプルオーバーとジーンズを取り出して着替えた。サイズはぴったりだったが、兄が好みそうな色だと思った。クローゼットの中の洋服は、おそらくすべて、兄をイメージして揃えたものだろう。

涼はドアを開け、部屋から出た。廊下を通って、リビングルームと思われるガラスの嵌め込まれたドアを開けると、眩《まばゆ》い光と、目を瞠らんばかりの広さが飛び込んできた。

自分が監禁されていた客室以外の部屋を見るのは初めてだった。トイレも、バスルームも部屋についていたので外に出ることはなかったし、昨夜、健史の誕生日パーティーに行くために部屋から出された時も、さっさと玄関に引っ張っていかれ、こうして他の部屋を見る余裕などなかった。

リビングルームは、四十畳近くはあるかと思われた。南に面した採光のいい大きなガラス窓。部屋の奥には階段があり、吹き抜けになった二階へ繋がっている。外が眺望できるよう、ソファーとテーブルは窓よりに置かれ、ソファーの横と、部屋のコーナーにはフロアランプが、壁際には大型の液晶テレビが置いてあった。が、不思議なことに、装飾品の類いは一切なく、絵心を持つ人間のいる部屋でありながら、絵の一枚も飾られていなかった。そう言えば、涼のいる客室にも、必要最低限の調度品しか置かれていない。部屋を飾るのが好きではないのか、それとも、ここの部屋にあまり愛着を持っていないのか――。

「――何をきょろきょろしているんだ」

涼が呆然と部屋の中を見回していると、ソファーで新聞を広げていた高槻が、いささか不機嫌そうな顔を向けた。

「早くこっちへ来たまえ。コーヒーが冷めてしまう」

そう言って、高槻はテーブルの上からコーヒーカップを取り、口許に運びながら、再び新聞に目を戻した。

言われるまま、涼がソファーのほうへ歩いていくと、テーブルの上には、コーヒーカップがもう一つと、ハムとチーズをのせて焼いたフランスパンが置いてあった。

「……今日、仕事は――」

涼は、悠長に新聞を読んでいる高槻の向かいに腰を降ろしながら、おずおずと尋ねた。高槻も、シャワーを浴びた後らしく、手櫛で無造作に梳《と》かしたような髪はまだ生乾きだった。

「今日は土曜だ」

高槻は、新聞に目をやったまま、ぶっきらぼうに答えた。

「ああ、休み……」

「食べていいぞ、それ。今朝は、そんなものしかなかった」

「え？　――って、まさか、自分で作ったとか？」

「ああ」

涼は、心底驚いた顔をした。

「し、使用人は？」

「いないよ、そんなものは」

「そんな……じゃあ、身の回りのことは誰が？」

「自分でやってるさ。ロンドン《むこう》にいた時は、何もかも一人でやっていたんだから」

「な、なら、今までの俺の食事も――」

「ああ。一人分作るのも、二人分作るのも変わらないからな。わざわざ人を使うこともないだろう。ただ、部屋の掃除だけは、この広さだ、時々家政婦を頼んでいるよ。二階と、君を連れてきてからは、客室を除いて」

「二階？」

涼が聞き返すと、高槻は、コトッとコーヒーカップをテーブルの上に置き、読んでいた新聞を閉じた。

「アトリエとして使っているんだ」

「アトリエ……」

呟きながら、涼は二階に目をやった。

仕事の合間に、高槻はあそこで絵を描いていたのだ。

「……どんな絵を？」

思ったと同時に声に出ていた。

高槻は、新聞をたたんで傍らに置くと、皿の上のフランスパンに手を伸ばした。

「どんな、と言われても……好んで描くのは風景画だ」

「風景？　人物は？」

高槻の手が、ふと止まった。

「……俊以外、描きたいと思った人間はいない」

そう答え、高槻は手に取ったフランスパンに齧りついた。

涼は、黙ったまま、テーブルの上からコーヒーを取り、こくんと一口飲んだ。

俊以外、描きたいと思った人間はいない——。なら、高槻は、兄以外の人物画は描いたことがないということなのか。兄と別れる前も、別れた後も。

兄を忘れられず、もう一度、兄を描きたいと思い、兄しか描けないと思い、だから、日本に戻ってきたのだろうか。

だから、憎んでいるはずの俺を身代わりにしてでも、兄を蘇らせたいのだろうか。もう、どこにもいない兄を――。

「……どうして、あなたと兄さんは、愛し合うようになった？」

涼は、コーヒーカップを両手で包み込むように持ちながら尋ねた。

高槻は、ふと目を上げ、涼を見ると、表情一つ変えずに、コーヒーでフランスパンを流し込み、淡々と答えた。

「――互いに、たった一人の理解者だったのさ、俺達は」

「理解者？」

「ああ。あの頃、俺は、〝高槻〟という家に押し潰されそうになっていた。親の期待に応えようとして、自分を見失いかけてた。俊は、そんな俺の苦しみを理解してくれた。彼もまた、苦しんでいたから」

「苦しんでた？　兄さんが？」

「彼も、俺と同じように〝家〟に押し潰されそうになっていたよ。子供がそれを望まなければ、親の過剰な期待は虐待と同じだ。子供は親の人形じゃない。俊は、もっと自由に生きたがっていた」

涼は愕然とした。

あの兄が、両親の寄せる愛情と期待を誇りに思いこそすれ、重荷に感じていたとは、思いもしなかった。

涼が知る限り、兄が両親に反発したことなど一度もなかった。何かを強く主張することも、弱音を吐いたこともなかった。

決して感情をあらわにすることのなかった兄。その静かな表情の裏側で、本当はもがき苦しんでいたと言うのか。

いや、違う。もがき苦しみながら、いつしか諦めてしまっていたのだ。諦めてしまっていたから、何かに心を動かされることなく、冷静で、従順でいられたのだ。

高槻は言葉を続けた。

「俺は、絵を描くことを親から反対されていた。勉強もそっちのけで没頭するからだ。だから、俊を初めて見た時、彼を描きたいと思った衝動をずっと抑えてきた。ところが、ある日、俊が言ったんだ。『描いてほしい』と。『描きたいのに、描かないなんておかしいよ』と――。『君は、親の言いなりになんてなっちゃいけない』とまで言ってくれた。きっと、彼こそがそう生きたかったんだ。だが、彼は優しすぎた。親の期待を裏切ることはできなかった。だから俺に、自分のできないことを託そうとしたんだろう。俺は、彼の言葉で迷いを捨てた。思いのまま彼を描いた。そして、自分を取り戻すことができた」

「……じゃあ――じゃあ、兄さんは？　兄さんは、あなたといて、苦しみから救われたのか？」

「さぁ、どうかな。そう思いたいが、俺は俊じゃないから、わからない」

「……」

「――君は、俊が親の期待で、がんじがらめになっていたことを知らなかったのか？」

高槻に問われ、涼はかぶりを振る。

「知らない。知るわけがない」

兄こそが、家の犠牲になっていたことなど。

「じゃあ、彼が苦しんでいた、もう一つの理由も――」

「え？」

「いや、気づいていないかったのならいい」

不意に高槻は言葉を濁し、コーヒーを飲み干すと、空のカップを持ってソファーから立ち上がった。そして、涼を残し、キッチンへ消えた。

涼は、高槻がこの話題を打ち切ったことを知った。

だが、彼の胸の中には、何かすっきりしないものが残っていた。

兄が本当は苦しんでいたことを知ったからだろう。

兄が、〝家〟というしがらみに、がんじがらめにされたまま逝ったのだとしたら、その兄の苦しみに最後まで気づくことのなかった、気づこうとしなかった自分の罪は、あまりに重い気がした。

ややあって、涼は、手に持っていたコーヒーカップをテーブルの上に置いた。ソファーから立ち上がり、後ろを振り返ると、高槻が手を空にしてキッチンから戻ってきていた。

「――どうした?」

高槻の形のいい眉が、ふと顰められた。自分でも気づかず、涼は思い詰めた顔をしていた。

「まだ、何か訊きたいことがあるのか?」

高槻の声に皮肉めいた響きはなかった。なのに、一瞬、涼は返答に窮し、躊躇したのち、尋ねた。

「……どうして、俺を自由にしたんだ?」

高槻は答えた。

「君はもう逃げないと判断したからだ」

「逃げない?」

「逃げるつもりなら、昨夜、鴻上邸に行った時に逃げていたはずだ。逃げるチャンスは、いくらでもあった。なのに、君は逃げなかった」

そう、昨夜、涼は健史に会うため、一人で鴻上邸に入っていった。そして、高槻は門の外で待っていた。逃げる気なら、逃げられた。なのに、涼は逃げなかった。逃げようと思いさえしなかった。

「逃げても無駄と思ったのか？　ようやく、自分の立場を理解したってことか」

「……だって——だって、どこに逃げればいい？」

にわかに、涼の唇は哀しみと絶望に満ちた笑みをかたどった。

「逃げるところなんてどこにもない。俺にはもう、どこにも行き場所なんてないんだ。なのに、どこに逃げろって言うんだ？」

「……」

「ここから逃げ出せば、誰かが助けてくれるのか？　守ってくれるのか？　逃げたって、何も変わらない。何も変わらないじゃないか！　どこへ行ったって俺は一人で、誰からも必要とされ——」

ふと我に返り、涼は口をつぐんだ。

堰を切ったように捲《まく》し立てる彼を、高槻がじっと見ていた。

沈黙は、彼を嗤うわけでもなく、憐れむわけでもなく、だが、彼を突き放してもいなかった。

不意に涼は、自嘲するような、儚く、痛々しい微笑をこぼした。

「……兄さんを愛してた？」

「兄さんにもう一度会いたい？　もう一度、兄さんの絵を描きたい？」

高槻は答えない。頼りない子供のような顔で尋ねる涼を、黙ったまま見つめている。

「俺は、兄さんが苦しんでいたことに気づきもしなかった。自分ばかりが不幸だと思い込んでいた。

兄さんを羨み、妬んでばかりいた。なのに、そんな俺が助かって、なぜ兄さんだけが死ななければいけなかったんだろう。あまりに不条理だ。母さんの言うとおり、俺が死ねばよかった」

「……」

「こんな俺なんて消えてしまえばいいんだ。だけど、俺は自分では死ねない。だから、あなたにやるよ。兄さんから貰った命を、兄さんを愛していたあなたに。俺を兄さんの身代わりにして、あなたの気持ちが慰められるのなら、そうすればいい。気のすむようにすればいい。俺は、もう疲れた。もう何も考えたくない……」

そう告げながら、涼は両手で顔を覆った。

すると、不意にその手をつかまれ、顔から引き剥がされた。気がつくと、いつの間にか高槻が目の前に立っていた。

高槻は、涼の顔に手を伸ばし、兄の面影を宿したその造作を確かめるように優しく触れた。

指先が頬を滑り降り、顎をつかまえて、持ち上げる。

上向いた唇に、高槻の顔が近づき、唇が重なった。

まだ目覚めを知らない蕾のような、慎ましく閉ざされたままの涼の唇を、高槻は優しく咬み、甘く吸いながら、やがて柔らかく綻びるのを待って、舌を挿し入れてきた。

涼は、一瞬、驚いたように息を詰め、反射的に顔を引きかけたが、うなじに廻された高槻の手に、

ぐっと押さえつけられた。

唇が更に深く咬み合わさり、挿し入れられた舌が、怯える涼のそれに絡みつく。生まれて初めてのディープキスだった。からめ取られた舌を強く吸われると、頭の芯が痺れるような眩暈が起こり、涼は膝から崩れ落ちそうになった。

兄とも、こんなキスをしたのだろうか――。

恍惚と唇を預けたまま、意識の片隅でそんなことを思った。

やがて、濡れた溜息とともに唇が離れると、高槻は、涼の背を抱きかかえ、ソファーにそっと横たえさせた。

「……俊に会わせてくれ」

身も心も委ねきったように静かに見上げている涼に、高槻は言った。

「俺は、もう一度、俊を愛したい。もう一度、俊を描きたいんだ」

真摯《しんし》な声には、悲哀が滲んでいた。冷酷な主人が、初めて明かした本心だった。

答える代わりに涼は、兄を求めて狂おしく躰を重ねてくる男の背に腕を廻した。

そうする以外に、彼にできることは何もなかった。

9

朝食は、トーストにベーコンエッグ、トマトのサラダにコーヒーといったメニューだった。

涼は、トーストとベーコンエッグは残さず食べたが、トマトのサラダには手をつけなかった。彼は、トマトが苦手だった。

コーヒーを飲み干して、席を立とうとすると、ダイニングテーブルの向かいで経済新聞を広げながらコーヒーを飲んでいた高槻が、ぽつりと言った。

「……トマト、好きだったよな？　俊」

涼は、ぎくりと顔を上げた。高槻が、真顔で彼を見ていた。

「……うん」

頷いて、涼は椅子に座り直し、サラダに手を伸ばした。思わず顔をしかめたくなるのを懸命にこらえながらトマトを食べると、高槻は満足げに仄かな笑みをくれ、視線を新聞に戻した。

「皿はそのままにしておいていいよ。後で一緒に片づけるから」

「――うん、ありがとう」

サラダを食べ終えた涼は、そう言って、高槻を残し、ダイニングルームを離れた。

仕事のない土曜日の朝は、高槻は新聞を読みながら、ゆっくりと朝食を摂る。

涼は、自分の部屋に戻ると、洗面室に入って口をゆすいだ。まだ口中に残っている苦手なトマトの味を消すために。

（あなたにやるよ。兄さんから貰った命を――）

そう高槻に告げて、涼が兄の身代わりになることを受け入れてから、ちょうど一週間目の朝だった。俊となった涼の生活は、一週間前までの生活とはまた違った意味で奇妙なものだった。

高槻の、涼に対する態度は一変した。ひどいことは一切しなくなった。

そして、常に彼を〝俊〟と呼んだ。

涼は、もう拘束されることもなく、高槻の城の中で自由だった。

高槻と同じテーブルで食事を摂り、ワインを飲みながら一緒にビデオで映画を観、一つのベッドで眠った。

まるで、恋人同士のように。

だが、兄の身代わりになることを受け入れたからといって、いきなり、何もかも兄のようになれるわけではない。

何かの折に兄と違うところをみつけると、高槻は、さっきのようにぽつりと指摘する。

（……トマト、好きだったよな？　俊）

高槻の言い方は決して乱暴ではなく、押しつけがましくもなかったが、涼はいつも、大きな失態を演じてしまったかのようにドキリとした。食べ物の好み、癖、仕種、言葉遣い――些細な違いであっても、それが、ひどくいけないことであるかのように思われた。

きっと、兄と違うということが、自分が〝俊〟ではなく、〝涼〟であるということが、すでに罪なのだ。

そうして、本当は〝涼〟である自分を、〝俊〟として扱われることに、涼は、ある種の後ろめたさを覚えずにはいられなかった。

彼を〝俊〟として扱う時の高槻は優しい。だが、その優しさは、あくまでも〝俊〟に向けられたものだ。なのに、〝俊〟の振りをした〝涼〟が自分のものにしている――。

必要とされているのは〝俊〟なのだ。〝涼〟ではない。

――そう、お前じゃないんだよ、涼……。

涼は、洗面室を出ると、窓辺に佇み、ぼんやりと外を眺めていた。

しばらくして、朝食を終えた高槻が部屋にやってきた。

高槻は、さっき一緒に食事をしていた時に気になったのだろうか、出し抜けに涼に言った。

「――髪を切ってやるよ」

「え？」

「前髪が鬱陶しそうだ」

「え――ああ」

言われて初めて気づいたように、涼は人差し指と親指で前髪を摘んで、そっと引っ張ってみた。髪のことなど、気にしたこともなかった。

高槻は、バルコニーに椅子を持ち出し、涼を座らせると、ケープの代わりにバスタオルを肩に羽織らせ、ハサミで器用に髪を切り始めた。

外は、いい天気だった。朝の空気はまだ少し冷たかったが、それが却って心地好かった。

「美容院、確か嫌いだったよな？」

高槻が言った。

それは、もちろん兄へ問いかけたものだった。涼は、「ああ」と答えた。

「他人に髪の毛触られるの、あまり好きじゃないんだ」

「それは、失礼」

「いいよ。ずっと切らずにいるわけにもいかないから。見てて、鬱陶しいんだろう？」

「ああ、ちょっとな。ま、少しの間、辛抱しろよ」

涼自身も他人に髪を触られるのは苦手だった。だが、今、丁寧に髪に触れてくる高槻の指を、それほど不快には感じなかった。

「――よし、終わったよ」

カットを終えると、高槻は、片手で涼の髪をわざとぐしゃぐしゃと掻き乱した。切った髪がパラパラと下に落ちる。涼は、「ひどいなぁ」と苦笑いをこぼした。

「上手く切れた？　変になってない？」

「大丈夫だよ。こう見えても芸術家だから」

「関係あるの、それ？」

涼が髪を直して顔を上げると、高槻も笑っていた。優しい笑顔だった。一瞬、魅入られたように、涼はその笑顔をじっとみつめ、はっと我に返って目を逸らした。

「……ありがとう」

鼓動の高鳴りを意識しながら、慌てて椅子から立ち上がろうとした。すると、高槻が「あ、ちょっと待ってろ」と言った。

涼のうなじに手をやり、髪を掬い上げたと思った瞬間――、襟足に鋭い痛みが走った。

反射的に襟足を手で押さえ、涼は弾かれたように後ろを振り返った。

「……俊は、そこに傷があった」

ハサミを握りしめたまま、高槻が無感動に呟いた。

涼は、手の中に生温かいものが滲み出てくるのを感じながら、茫然と高槻をみつめた。

今しがたの優しい笑顔は、影も形もなかった。

見開かれた涼の瞳から、不意にポロリと涙がこぼれ落ちた。

いったい、何の涙なのか、涼は自分でもわからなかった。

そして、彼のその涙に、高槻の顔に微かな動揺が浮かんだ。

「——痛かったか？」

——痛い？

ああ、そうだ。きっと痛いからだ。この涙は。

涼は、傷口を押さえながら、コクンと頷いた。

高槻は、涼の手を傷口から離させると、彼の肩にかけてあったタオルで血を拭った。そして、傷口に口接け、新たに滲み出てくる血を何度も舐め取った。

「……ごめん」

「ごめんな、俊」

高槻は、優しい声で言った。

涼は黙って俯いたまま、ただ頷くだけだった。

午後になると、高槻は二階のアトリエに行ってしまった。

休日は、必ずそこで絵を描くのだ。

涼は、二階には一度も上がったことはなかった。高槻から、上がるな、と言われているわけではなかったが、他の部屋には平気で入れても、二階のアトリエにだけは足を踏み入れることができなかった。そこは、高槻の聖域であるように思え、それこそ、本当の〃俊〃ではないと入ってはいけない気がしたからだ。

高槻のいない午後は、リビングルームでビデオを観て過ごした。夕方になっても高槻が降りてくる様子がないので、夕食の仕度をし、二時間ほど待った後で一人で食べた。高槻がアトリエにいる時は、不用意に声をかけて作業を中断させないのが、暗黙のルールだった。

食事の後は、しばらくリビングでテレビを観てから、部屋に戻った。

高槻が部屋に来たのは、涼がベッドに入って、うとうとし始めた頃だった。

不意にベッドが揺れ、横向きに寝ていた彼の背後にもそもそと潜り込んでくるものがあった。

目を覚まして涼が首だけで振り返ると、高槻が背中にぴったり寄り添って目を閉じていた。

「……終わったの？」

尋ねる涼に、高槻は目を閉じたまま、「今日はもうやめた」と答えた。声は眠たそうだった。

「疲れた？」

「疲れた」

「夕飯は？」

「食ったよ」

言いながら、ふと開いた高槻の瞳が、自分のうなじに行ったのに涼は気づいた。今朝、ハサミで切られた場所に白い絆創膏が貼ってあるのがわかったはずだが、高槻は何も言わなかった。

涼も傷のことには触れず、前に向き直ると、再び枕に頭を落とした。

「——今、何描いてるんだ？」

「んー？」

「まだ途中？」

「ああ」

「見たいな」

「そのうちな」

「ケチだな」

背後で高槻が微かに笑うのがわかった。

それから、高槻は、腕を廻して涼の躰を抱き寄せると、襟足の絆創膏の上から、そっと唇を押し当て、「俊……」と囁いた。

涼は、黙ったまま、ただじっとしていた。何か言われるかと思ったが、高槻はそれきり何も言わなかった。

やがて、静かな寝息が聞こえてきた。

涼は、後ろを振り返ろうとして、やめた。そこには、自分を兄と思い込んでいる、いや、思い込もうとしている高槻の無防備な寝顔があるだけだった。

——そう、お前じゃないんだよ、涼……。

高槻が今、腕の中に抱きしめているのは、お前に重ねる兄の面影。

お前は、自分から〝兄の身代わりにすればいい〟と、その身を高槻に差し出したんだ。

ああ、わかっている。俺にはもう、それより他にできることは何もないのだから。ただ——

ただ、ほんの少し、〝涼〟を憐れに感じただけだ。ほんの少し——。

涼は、ふと肌寒さを覚えたかのように高槻の腕の中で躰を丸め、そして、静かに目蓋を閉じた。

10

甘い溜息が唇からこぼれ落ちる。

まるで女のあげる嬌声のように思え、涼は唇を咬みしめて吐息を閉じ込めようとするが、そんな羞じらいや理性は、沸き起こる肉体の歓喜に容易に呑み込まれてしまう。

「……いや…っ……」

背後から抱きしめている高槻の肩に頭を預けながら、涼はこらえきれずに声を洩らした。

セーターの裾から滑り込んだ高槻の手が、彼の胸の最も敏感な部分を愛撫していた。

高槻は、会社から帰ってくるなり、涼を求めてきたのだ。

「……『いや』じゃないだろう?」

耳朶を囁きでくすぐりながら、高槻は、左右の指に捉えた小さな乳首を摘んで、捻り上げた。

「あぁっ」

電流が走ったような甘い痺れに、涼は吐息をわななかせ、仰け反った。思わず縋るように高槻の腕をつかんだが、その愛撫の手をを引き剥がそうとはしなかった。

カーテンを開け放ったままの窓ガラスには、淫らな戯《たわむ》れに耽る二人の姿が映し出されていた。外は夜の帳《とばり》に包まれていたが、灯りが煌々とともるリビングルームは、真昼のように明るかった。

涼が、高槻のマンションで生活するようになって一月半が過ぎようとしていた。

夢の中のようにつかみどころのない、その長く、短い時間の中で、涼は明らかに変わった。変えられてしまった。

彼は、時と場所を選ばず求めてくる高槻に、素直に応えるようになった。強要される行為の一切を拒むことはなかった。朝でも夜でも、寝室以外の場所でも。バルコニーで昼間から、羞恥におののく躰を開かされても。むしろ、そうやって求められることを待ち受けてさえいた。

それは、高槻との行為に慣らされた結果であり、調教の成果であり、涼がすべてを受け入れたという証拠でもあったが、おそらく、高槻に求められることで、自分が〃必要とされている〃と感じられることが、ある種、異常なこの生活に彼が順応してしまった一番の理由だった。

たとえ、兄の身代わりとしてであっても、必要としてくれる腕の中は温かく、そこが自分のたった一つの許された居場所であるかのように思え、肉体の快楽と充足は、そのまま、彼の心の安堵と充足になった。

男同士のセックスに対する恐怖感も、嫌悪感も、もはやなくなっていた。回を重ねるに従って、涼の肉体は、受け身に回る人間だけに許された被虐の愉悦を貪欲に求めるようになっていた。

「――本当はここ、好きなんだろ？　どうして欲しいんだ？　俊」

せがんでさえいるような涼の切ない吐息に、高槻は、彼の官能を更に刺激してやろうと、両手で執拗に左右の乳首をいじり回していた。

引っ張られ、きつく捻り上げられたかと思えば、優しく撫で転がされ、堪らずに涼は、仰け反った頭を高槻の肩に擦りつけて悶えながら、乱れた息を吐いた。

「……咬んで……強く……」

そう訴えた途端、高槻は涼の躰をくるりと正面に向かせると、その背を窓ガラスに押しつけ、セーターをたくし上げて、痼《しこ》りのように固くなった乳首にむしゃぶりついた。

涼は、大きく喉を反らして高い歓喜の声を放った。

「あ……あ……」

交互に歯を立てられ、引き抜かんばかりに強く吸われた。情熱と嗜虐を帯びた唇は、熱を持ってズキズキと疼くほどまで涼の乳首を嬲った。涼は、いやいやとかぶりを振りながら、悩ましい喘ぎ声を洩らすばかりだった。

やがて、高槻は愛撫の対象を変え、涼の下腹へ唇を滑らせていくと、ジーンズの前を開かせ、すでに屹立している彼の欲望を捉えた。

熱い口腔に含み、舌をまとわりつかせて舐めしゃぶりながら、ジーンズを引きずり降ろして、剥き出しにした双丘を揉みしだく。

涼は、ガクガクと膝を震わせながら、窓に背を押しつけて懸命に躰を支えていた。高槻の口と手に挟まれていなければ、その場に崩れ落ちてしまいそうだった。

高槻の指が、双丘を割り開き、秘所をこじ開けた。反射的に侵入を拒もうと腰を浮かせると、高槻の口に、涼は更に自身を押し込む恰好になった。

そのまま高槻は、口に頬張った涼を引っ張るように唇で扱き、吸い上げながら、その動きに合わせて、秘所に挿し入れた指をつけ根まで呑み込ませた。

涼は、苦悶に顔を歪め、啜り泣くような声を洩らした。

「……だ、駄目っ……もう……っ……」

耐えられないとばかりに、高槻の髪にしがみつくと、だが、その唇は離れるどころか、ますます涼に吸いつき、その指はますます涼を押し開こうとした。

愛撫は、大胆に、強引に、そして、性急になり、遂に涼は、高槻の口の中で情欲を迸らせた。

放たれた喜悦のあかしを一滴残らず飲み下すと、高槻は、ようやく涼から唇を離し、後ろからも指を引き抜いて立ち上がった。涼は、支えを失い、ずるずると床に頽《くずお》れた。だが、これで終わりではないことを彼は知っていた。

高槻がスラックスのファスナーを降ろすのが、ぼんやりと開いた涼の瞳に映っていた。

高槻は、すでに勃《た》ちかけている欲望をつかみ出すと、涼のうなじをつかみ、引き寄せた。すると、涼は、高槻の足許に膝をついて、目の前に差し出されたそれに、自ら進んで口接けた。

舌をまとわりつかせ、唇で扱き、吸い立て——自分がされたままを、拙い技巧で返すと、高槻は、たちまち硬度を増し、威嚇的な形に変化した。

この後、自分を貫き、責め苛むであろう凶器を、涼は自らの唇で懸命に育てていた。

高槻の昂りが、硬く張り詰めていけばいくほど、呼吸が弾み、吐息が熱を帯びる。この硬く、太く、熱い肉塊で貫かれる瞬間を思うと、怯えとも悦びともつかないわななきが躰を走り抜ける。

そそり立つ高槻の欲望を、まるで愛しさを伝えるようなひた向きさで限界の硬さまで育てていきながら、涼の欲望は、早くも淫らな興奮を顕わにしていた。

不意に、高槻が涼の唇から躰を引き離した。微かな落胆とともに涼が顔を上げると、高槻は彼を引き起こし、後ろ向きにさせて窓に押さえつけた。

次の瞬間、充分過ぎるほどに張り詰めた高槻の欲望が、後ろから涼の中に押し入ってきた。

涼は、切なげな悲鳴をあげ、窓ガラスを掻きむしった。

高槻は、涼の腰を引き寄せ、わずかに前屈みにさせて、自身を奥まで呑み込ませていきながら、窓ガラスに押しつけられていた彼の上体を引き戻した。

窓ガラスには、立ったまま背後から貫かれた涼の、苦悶に歪む顔が映っていた。

その悩ましい表情をみつめながら、高槻は抽挿に移った。

腰を押し上げるようにして突いてくる高槻に、涼は、窓ガラスに両手を突いて仰け反りながら、

「あぁッ…あっ、あっ、あっ……」

激しく上下に揺れ動いた。

彼もまた、ガラスに映る自分の姿を見ていた。

苦痛と快感に歪む顔。男の律動に揺さぶられながら悶える躰。触れてもいないのに、欲望は反り返り、喜悦の涙を溢れさせている。

淫らな己の姿が堪らなく恥ずかしく、だが、それを窓ガラスの中から高槻に見られているのだと思うと、羞恥はマゾヒスティックな興奮に移り変わった。

「…もっと……ああ…もっと——…」

乱れた呼吸に乗せて、涼はうわ言のように口走った。すると、抽挿を続けながら、その言葉尻を取って高槻が笑った。

「もっとなんだい？」

「……」

「ちゃんと言わなきゃ、どうしたらいいかわからないよ、俊。さぁ」

高槻は、セーターの裾から手を挿し入れ、再び彼の胸の突起を捉えた。

「あッ…いや――…」

抽挿と愛撫で責められ、涼は恍惚と総身をのたうたせる。

窓ガラスに映し出される狂態が、彼の興奮を更に煽り立てた。

「……あ…あぁ…駄目…もっと…もっと動いて…メチャクチャに、突いて…っ…」

込み上げてくる官能の疼きに我を忘れ、自らも腰を揺らして、あられもない声をあげると、高槻が声をたてずに笑いながら、うなじの傷跡に唇を押し当ててきた。

「それでいい」

にわかに高槻の攻撃が速く、荒々しく、容赦のないものになった。

「あッ、あッ、あぁ…ッ…いい……」

涼は、息を詰まらせながら露骨な悦びの声をあげたが、それは、すぐに切迫した、啜り泣きにも似た喘ぎ声に変わった。

あられもない自分の姿におののく余裕もなかった。躰が持ち上がるかと思うほどの勢いで突き上げられ、奥まで抉り抜かれ、そうして責め抜かれている箇所から広がっていく痺れるような法悦に、涼の頭の中は真っ白になった。

その時だった。不意に、どこからか携帯電話の着信音が聞こえてきた。

一瞬、涼は、それが何の音だかわからなかった。

ふと気がつくと、彼の背後で、ポケットから取り出した携帯電話を耳に押し当てている高槻が、窓ガラスに映っていた。

「――ああ、俺だ。どうした？」

高槻の目は、窓に映った涼の顔を見ていた。

涼は、突然、動きをやめた高槻に、窓ガラスの中から無言の抗議をしていた。彼の顔には、あからさまな落胆と不満が浮かんでいた。

高槻は、ふっと口許を歪めたかと思うと、携帯電話を耳に当てたまま、片手で涼の口を塞ぎ、会話をするのに支障ない程度に、ゆるやかに抽挿を再開させた。

「――M製薬グループの会長か。広告を出したくないというのなら、すべて引き上げさせればいいだろう。なぜ、うちが謝罪しなければいけない？　間違ったことは書いちゃいないだろうが」

よどみなくしゃべりながら、間断なく涼を揺すり立てる。涼は、ぎゅっと眉根を寄せ、懸命に声を洩らさぬ努力をしながら、どことなく苛立った高槻の声を意識の片隅で聞いていた。

「こっちが頭を下げる必要なんてない。――今、本社か？　わかった、すぐに行く。車を回してくれ。それから、役員連中に言っておけ。親父でも俺と同じことをする、とな」

冷ややかに言い捨てて電話を切った高槻に、涼は驚いたように目を開けた。電話の相手は、おそらく秘書の関谷だったのだろう。それは、今までこの部屋では涼に見せることのなかった、高槻の"副社長"の顔だった。

窓ガラスの中で、高槻は携帯電話を背広の胸ポケットに仕舞うと、自分をじっとみつめている涼に微苦笑を返した。

「……悪いな。会社に戻らなきゃいけなくなった」

「今から？」

「ああ。でも、心配するな。ちゃんと終わらせてやるから」

そう言って、高槻は涼を揺すり立てながら、片手を彼の下腹に廻し、硬く屹立している欲望をつかんだ。突き上げる動きに合わせて上下に扱く。

仰け反った涼の唇から、とろけるような呻きがこぼれた。

高槻の手は、性急に涼を追い上げようとしていた。涼には、高槻がもう長く愉しむつもりがないことがわかった。

背後を貫く攻撃が、ますます速く、激しくなり、涼は、切れ切れの悲鳴をあげながら、高槻の抽挿に応えて狂ったように腰を揺らした。

二人は、頂めがけて一気に駆け登り、ほとんど同時に達すると、涼は高槻の手の中に、高槻は涼の中に、極まった情熱を迸らせた。

「――何かあったのか？」

高槻に後始末をしてもらった後、涼は窓ガラスに寄りかかって、ぺったりと座り込んだまま尋ねた。

会社へ戻る身仕度を整えながら、高槻が振り返った。

「たいした問題じゃない。M製薬が、うちの新聞から広告を引き上げると言ってきたんだ」

「たいした問題じゃない――って、M製薬って言ったら、薬品メーカーの最大手だ」

「確かに最大手だが、クレーム隠しも半端じゃない。うちが暴露記事を書いて、訴えられたことがある。今回も、うちから出している週刊誌に載った記事がお気に召さなかったらしい。あそこの会長がうちの親父と犬猿の仲で、もともとうちの社にいい感情を持っていないんだ。だから、こんな問着は今に始まったことじゃないんだが、役員連中は、名ばかりの副社長にこういった問題を押しつけたがる」

「名ばかり？」

「社長の息子ってだけじゃ、誰も認めちゃくれないのさ」

自嘲的な笑いを浮かべる高槻に、涼は、「そんな……」と言いかけ、口をつぐんだ。

初めて会った時、涼には、高槻が金や、権力や、親の威光に頼らなくても人の上に立つことのできる人物に見えた。だが、それは、涼がそう感じただけにすぎず、そんな根拠のないことを口に出しても、おそらく、一笑に付《ふ》されて終わりだろう。

「――まぁ、当然だな。ずっと海外にいて会社運営とは無縁だった人間が、創業者の直系ってだけで、いきなり副社長の椅子に就いたんだ。それまでコツコツ働いてきた連中は面白いわけがない。当の俺だって、まさか副社長にされるとは思っていなかった」

「え？　わかっていて、帰国したんじゃ？」

「まさか。俺は、親父が倒れたから戻ってこい、と言われただけだ。祖父《じい》さんが何か企んでいることは薄々感じていたが、副社長なんて、取締役会で承認されるわけがないと思ってた」

「でも――承認された」

「皆、会長《としより》の言うことには逆らえないようだ」

「じゃあ……今後、義明社長が正式に退任するようなことになったら――」

「ああ。間違いなく俺を社長に据える気だろうな。だが、親父はそう簡単に退任しやしないよ」

「でも、復帰は難しいんじゃ……？　かなり重病だという噂を――」

神妙な面持ちで涼は尋ねた。すると、何がおかしいのか、高槻が、ふっと笑った。

「――俊は、俺に社長になってほしいのか?」

「え?」

「俺が社長になるかどうか、気になるみたいだ」

「別に……俺は、ただ――」

「ただ?」

涼は、言葉に詰まりながら、ふと胸の中に芽生えた不安を口に出そうか迷った。

――ただ、もしも、社長になったとしたら……。

だが、思いとどまり、その不安を頭の中から追い払うように、かぶりを振った。

「いや、なんでもない」

ぎこちない笑顔で返し、怪訝な顔をしている高槻から視線を伏せて、のろのろと立ち上がった。

その時、インターホンの呼び出し音が鳴った。

高槻の視線が、ふと涼から逸れた。

「……迎えが来たか」

呟きながら、高槻は、倒れ込むようにソファーに腰を降ろした涼に近づいた。背を屈め、涼の頬を片手でつかんで仰向かせる。

降りてくる高槻の唇に、涼は静かに目を閉じた。

「……帰ったら、さっきの続きをしよう、俊」

触れるだけの口接けの後、耳許に逸れた唇がそう囁いた。

羞じらうように瞳を伏せ、小さく頷いた涼に、高槻は優しい微笑を残して、出かけていった。


高槻のいなくなったリビングルームで、涼はぼんやりとソファーに座っていた。

高槻にとって、自分はもう、完全に〝俊〟だった。そして、〝俊〟として高槻と暮らしている自分は、おそらく、幸せだと言ってよかった。

高槻は優しく、それは、〝涼〟であったら、決して与えられることのないものだった。愛されることの安堵と充足も、〝涼〟であったら、決して手に入れることのないものだった。

だが、その幸せは、ほんの小さな衝撃で砕け散ってしまう硝子のような危うさを孕んでいた。

もしも、高槻が社長に就任したら、この生活は長くは続かない。涼には、そんな予感がしていた。

鴻上の血を残せない人間に家督は譲れないと、涼を切り捨てた俊之と同じく、高槻の一族もまた、〝血〟にこだわっている。今や日本一の売り上げを誇る、一〇〇〇万部メディアの大東新聞を、創業一族の高槻が継げば、その次は、後を引き継ぐ、彼の血を引いた子供が必要になる。そして、社会的な体面のためにも、高槻は結婚することになるだろう。

大東新聞社社長の地位にある高槻に見合う、知性と教養、気品を兼ね備えた美しい女性と。

そうなった時、高槻は、自分を愛人として囲っておくだろうか。

愛する人がいながら、昔の恋人の身代わりを、そばに置いておこうとするだろうか。

高槻が、自分を買い取り、この部屋で飼っているのは、過去の恋を、兄への執着を断ち切れないからだ。

高槻は、もう一度兄を愛したいと言った。もう一度兄の絵を描きたいと言った。なら、その渇望が満たされれば、もしくは、消えれば、兄の身代わりである自分は、もう必要ないはずだ。

突如として、涼の胸に、大きな不安が押し寄せてきた。

それは、何も高槻が社長にならなくとも、高槻に愛する人ができなくとも、明日にだって起こり得ることだった。

高槻の兄への愛情が、執着が、冷めた瞬間に——。

そうしたら、俺は、もう必要ないと言われ、捨てられてしまうのだろうか。

また、一人になってしまうのだろうか。

——ああ、その時が今日でなければいい。一日でも先であればいい。

心の中で祈りながら、涼は、ふと吹き抜けの二階を見上げた。

高槻のアトリエ――。休日になると、高槻は食事を摂るのも忘れて、そこで一心に絵を描いている。涼が、まだ一度も足を踏み入れたことのない場所。

涼は、ゆらりとソファーから立ち上がった。二階へ上がる階段へ、ゆっくりと近づく。

高槻が今、どんな絵を描いているのか、無性に気になった。

絵を見れば、高槻の心が、どれだけ兄に執着しているか、わかるはずだ。

高槻が兄を愛している間は、自分はまだ、兄の身代わりとしてここにいられる――。そんな思いに囚われながら、涼は、まるで引き寄せられるように階段を登っていった。

アトリエは、雑然としていた。

壁際のキャビネットの上には、筆や絵の具などの画材がごちゃごちゃと置かれ、壁には、描き上がった絵が幾枚も立てかけられていた。

霧にけぶる異国の古城。雪の降り積もる海辺の小さな町。薄暮の空を渡る鳥の群れ――。

どれも、日本画風の繊細なタッチと淡い色彩で描かれた、どこか幻想的な画《え》だった。

涼は、中へと入っていくと、フロアの奥に置かれてあったイーゼルの前に立った。イーゼルには布がかけられていた。

鼓動が、早鐘のように打っていた。

涼は、そっと布をめくった。

絵は、まだ途中だった。だが、そこに描かれていたのは意外にも、小さな子供の姿だった。

子供は、暖かな光の中でうずくまって眠っていた。腹部から、へその緒が伸びていたが、その先には何もなく、断ち切られたようになっていた。子供は、まだ母親の胎内にいるつもりなのだろうか、その寝顔は安らかで、微笑んでさえいるかのようだった。

いや、もしかすると、子供はもう死んでいるのかもしれない。

その安らかな寝顔は、生きることの苦しみから逃れられたからこそのもののように見えた。

——なぜ、こんな絵を？

高槻は、兄以外描きたいと思った人物はいないと言っていた。なら、これは、誰かを描いたというわけではなく、高槻の頭の中に浮かんだ何かのイメージなのだろうか。

涼は、絵を布で覆い隠した。

それから、辺りを見回すと、壁に立てかけられた絵はどれも、どこか物哀しく感じられた。

ふと、キャビネットの脇に、布に包まれたキャンバスらしきものが置いてあるのに気がついた。

近づき、そっと取り出して、布を取る。

兄の絵だった。

学生時代に描かれたものだろうか。今の絵に比べると、タッチも色づかいも、まだ荒削りな印象があった。そして、兄の顔は、涼が記憶している最後の兄より、ほんの少し幼かった。

兄は、儚げな微笑を浮かべていた。こちらをみつめ返してはくれない俯き加減の瞳は、どことなく寂しげですらあった。そして、バックに塗られた淡いブルー。それは、眩い空の青ではなく、清冽な水の青。冷たく、気高く、無機質なその色は、まさに兄の色だった。

涼は、はっと壁に立てかけられた絵に目をやった。

どこか物哀しく感じられたそれらの絵には、すべて、兄に使った淡いブルーが、兄の色が使われていた。

──愛している。

あの人は、まだ兄を愛している。

この部屋に置かれたすべての絵に、高槻は、兄への想いを描き込んでいた。

涼は、茫然となった。

高槻が兄を愛している間は、ここにいられる。兄の身代わりとして必要としてもらえる。だから、兄への愛情が、執着が冷めないことを祈った。

そして、その願いどおり、高槻は兄への愛を少しも失ってはいなかった。なのに──。

涼は今、それを確かめてしまった自分を恨んだ。

11

涼は、怯えていた。

途方もなく大きな不安が、彼の上にのしかかっていた。

時刻は、午後十一時を回っている。

高名なホテル王の主催する晩餐会に招待された高槻は、まだ戻らない。

いつからだろう。高槻の帰宅を待つ一人の時間が怖くなったのは。

涼は、自由を与えられているにもかかわらず、高槻の留守の間、決してマンションから外に出ようとはしなかった。以前は、無理矢理高槻の愛人にされ、変わってしまった自分の姿を人目に触れさせることが怖かった。今は、自分の居場所はここしかない、ここでしか自分は生きていけないのだ、という強迫観念が、外へ出ようとする彼の足を竦ませた。だが、このたった一つの居場所にいてさえ、安堵できるのは、高槻といる時だけだった。

どうしてそうなってしまったのかは、わからない。気がつけば、一人になると決まって襲いくる不安に、ベッドの中でうずくまり、ガタガタと震えている自分がいる。

ふと、部屋の外で物音がした。

涼は、はっとベッドから身を起こした。

足音が近づき、カチャリとドアのノブが回る。

躰の震えは、鼓動の高鳴りに変わる――。

「……寝てたのか？」

静かに扉を開けて室内に入ってきた高槻の姿に、涼の胸は、たちまち安堵に包まれた。

かぶりを振って高槻の言葉を否定すると、それまでの不安など忘れてしまったかのように屈託なく微笑み、「おかえり」と言った。

「悪かったな。晩餐会の後、祖父《じい》さんに呼ばれて実家に寄ってきたもので遅くなった」

そう言いながらベッドに近づく高槻の端整な顔が、枕許に置かれたフロアランプの仄かな明かりの中に鮮明に浮かび上がる。

涼は、その胸に飛び込みたかった。飛び込んで、そのぬくもりに包まれたかった。だが、必死にその衝動を抑えた。

なぜなら、兄なら、そんな子供のような真似は、きっとしなかった――。

「……夕食は、ちゃんと食べたか？」

ベッドに腰かけ、高槻が訊いた。涼は、「うん」と頷いた。

「——昼間は何してた？」

「ビデオを観てた」

「ずっと？　また部屋にこもりっきりか？　どこか出かけてくればいいのに」

「別に行くところもないし、それに、外は怖い……」

「怖い？　年末《くれ》は物騒だからってことか？　けど、ずっと部屋の中ばかりじゃ、退屈だろ。——ああ、そうだ、絵でも描いてみるか？」

本気とも、冗談ともつかない口調で高槻が言う。涼は、ちょっとだけ困ったように微笑んだ。

「絵は、見るほうが好きだな」

「そのわりには、最近、俺の絵を見せてくれ、と言わなくなったけど？」

「……」

「俺がもったいぶるから、もう、どうでもよくなったか？」

「……上手《うま》く描けたら、でいいよ」

「ひどいな。一応、それで食ってきたんだけど……？」

心外そうに肩をすぼめて苦笑すると、高槻は、涼の頭を抱き寄せ、唇を重ねた。

涼は、ようやく触れる高槻のぬくもりに、不安に凍りついていた躰が溶けていくのがわかった。

甘く唇を吸い合いながら、もっと――と、彼は思った。もっと高槻のぬくもりが欲しかった。高槻のぬくもりに包まれ、一つに繋がって、その情熱でいっぱいに満たされたかった。

だが、そう乞いたくても、声に出すことはできない。兄ならそんなはしたないことはしない――

その思いが、彼を戒めていた。

唇が離れると、高槻は、涼の頭を抱き寄せたまま、その髪に唇を押し当てた。

「……シャワーを浴びてくる」

情欲に滲んだ囁きを置いて、ベッドから立ち上がり、高槻の姿はドアの向こうに消えた。

すると、たちまち不安が押し寄せてきた。

一人置き去りにされたベッドの中で、涼は震えながら高槻が戻ってくるのを待った。


「――…兄さんは……兄さんは…どうした？」

切れ切れに喘ぎながら涼は問う。

引き締まった裸身を彼の上で汗ばませていた高槻は、ふと眉を顰め、その顔を見下ろした。

「何をだ？」

「……こんな時……兄さんは…どうした？　なんて言っ…た――…」

とろけるように潤んだ涼の瞳は、苦痛と快感に焦点を失っている。高槻の下で、その荒々しい抽挿に揺さぶられながら、彼の恍惚となった意識は、高槻に愛される兄の姿を追い求めていた。

高槻は、ふっと苦笑を落とすと、涼の耳許に囁いた。

「……何を言ってるんだ？　俊は君だろう？」

「だって……だって…っ……どうしたら……どうしたらいいっ……」

込み上げてくる歓喜に、涼は怯えたように声を震わせる。

飽くことを知らず、狂ったように重ねられる高槻との行為に、快楽を覚え込んでしまった躰。あられもなく、悶え乱れる淫らな躰。

求められるまま、応えてきた。だが今、「俊は、そんなはしたない振る舞いはしなかった」――高槻にそう言われてしまうのが怖かった。

兄はどうだったのか。こうして高槻に抱かれながら、自分と同じように、悦びに悶え泣いていたのか。

兄のようにしなければ、兄のようにならなければ、高槻に愛想を尽かされてしまう――。

涼は、覚えている限りの兄の姿を掻き集め、今にも流されてしまいそうになるのを懸命に耐えようとしていた。

「……感じたまま返せばいい。いつものようにしてごらん」

煩悶する涼に、高槻は思いがけず優しい言葉を返してきた。

「……でもッ……こんな……こんな…っ……」

「君の躰に快楽を教えたのは俺だ。俺は、俺の与える快楽で乱れる君が見たいんだ」

囁きながら、高槻は涼の奥深くに欲望を食い込ませた。甘い悲鳴を放って仰け反った涼の顔が、苦痛とも快感ともつかない色に歪む。

「あぁっ…、あっ、あっ……」

「もっと感じて、もっと乱れて――……そう、綺麗だ、俊……」

涼の苦悶の顔が興奮を煽るのか、高槻が激しく突き上げてくる。

涼は、啜り泣きにも似た切ない喘ぎを洩らしてのたうち、救いを求めるように、高槻の背にしがみついた。

その律動とぬくもりを躰中で受け止めると、あまりの幸福感に胸がいっぱいになり、涙が込み上げてきそうになった。

「……気持ちいいか？」

深く抉るような抽挿を続けながら高槻が訊いた。涼は、コクコクと頷き、ますます強く高槻の背にしがみついた。躰中に広がっていく、狂おしいほどの歓喜。思考は、めくるめく陶酔の中に呑み込まれていく。

「……このまま――ずっと、こうしていて……離さないで…っ…」

感極まって、涼は思わずそう口走った。すると、それに応えるように高槻の唇が涼の唇に重なった。

「離さないよ……俊…俺の俊――…」

貪り合う吐息の狭間で、高槻が熱に浮かされたように兄の名を繰り返す。

それが本当に自分の名であるかのように、涼は、高槻の腕の中で、この上ない安堵と充足に酔い痴れていた。

12

高槻は、胸の中でうずくまるようにして眠っている涼から、躰を離すと、起こさぬように静かにベッドを降りた。

枕許のフロアランプを消し、真っ暗になった寝室を出ていく。そのままキッチンへ行き、グラスに水を注いで一息に飲み干すと、乾ききった、使われた様子のないシンクに目をとめた。それから、空のグラスを置き、冷蔵庫を開ける。中は、何日か前に高槻が補充した時のままだった。そして、冷蔵庫の脇のゴミ箱には、一つのゴミも出ていない。

——やっぱり……。

一向に減らない冷蔵庫の中の食べ物。何かを買ってきて食べた様子もない。

自分の留守中、涼は食事を摂っていない。

十二月に入ってから、高槻は、ほとんど家で食事をしていなかった。朝は食べずに出かけ、夜は外食ですませた。マンションには、寝に帰るだけ、と言ってもいいほど、多忙な毎日が続いていた。

涼と一緒にいる時間は、極端に少なくなっていた。

いったい、いつから涼は、食事を摂らなくなってしまったのだろう。

最近になるまで気づかなかった。涼の様子がおかしいことに。

彼は、何かに怯えているようでもあった。抱きしめてやると、ひどくホッとした様子を見せる。

だが、そうして、人のぬくもりは欲しがるくせに、なぜか、以前のように素直に快楽に身を委ねようとしなくなった。懸命に、乱れまい、流されまいとしていた。その上、妙なことを訊いてくるようになった。

（こんな時、兄さんはどうした？　なんて言った？）

質問をはぐらかして、いつものように快楽に引きずり込んでやっても、次の夜、また同じことを尋ねてくる。

高槻が涼に、俊と違うところを指摘することは、今ではほとんどなかった。そして、高槻に指摘されていた頃でさえ、涼が自分から、俊がどうだったか、尋ねることはなかった。それが――。

自分の知らない間に、いったい涼に何があったのか。

二週間――いや、もう三週間ほど前になるのだろうか。M製薬が大東新聞から広告を引き上げると言い出した頃。その頃の涼は、与えられる快楽に素直に身を委ね、露骨な悦びの言葉を口走りさえした。ベッドの中での俊の様子を知りたがることもなかったし、何かに怯えているような様子もなかった。

相変わらず涼は、胎児のように身を丸くして眠る。隣で一緒に眠ってやると、知らぬ間に、背中や胸に、躰を擦り寄せてうずくまっている。無意識に、人の体温を求めているのだろう。たまに、高槻の寝間着にぎゅっとしがみついていることもある。

俊の死んだ年を四つも越えながら、彼の心だけが子供に戻っていくようだ――。

高槻は、キッチンを出て、リビングへ行くと、階段を登って二階のアトリエに上がった。

灯りをつけ、一瞬、眩しさに目を細めながら、光に慣れるのを待って、フロアの奥に置いたイーゼルの前に立った。

そこには、描きかけの絵があった。

ようやく取りかかることのできた、そして、何度も何度も描き直した俊の絵。何年ぶりかで描く人物画だった。

いや、まったく人物画を描いていなかったわけではない。ただ、本当に「描きたい」という衝動で筆を握りしめ、心を込めて描けたものが、ずっとなかったのだ。俊と別れてから。

描きたいと思う対象を探しながら、気がつくと、記憶の中の俊ばかり描いていた。絵への情熱が、恋情によって突き動かされていたことを知った。

それは結局、俊への未練だった。

それが、いつからか、その俊すら、自分の納得する画となって甦ってくれなくなっていた。

だから、もう一度、俊に会おうと思った。幻ではない彼を前にして、もう一度、彼への想いを、描きたくて堪らない衝動を、取り戻したいと思った。

だが、俊は、すでにこの世にはいなかった。代わりに、彼の面影を宿した、彼の弟がいた。彼を苦しめ、揚げ句、彼を殺した弟が――。

そして、俺は今、その弟を身代わりにして、俊を甦らせようとしている。

涼を俊だと思い込むことで、追い求めたのは、俊との時間ではなく、俊が与えてくれた絵への情熱だった。

高槻は、絵の中のどこか遠くに思いを馳せているような俊の静かな横顔に、そっと指先を触れた。

この絵が完成したら、涼を解放してやろう。

俺にやると言った命を、返してやろう。

涼を憎むことが、彼を俊の身代わりにすることが、俊を愛することだった。だが、もう、それも終わる。

この絵が完成したら、きっと、俺の俊への妄執も断ち切れるだろう――。

その時、高槻は、ふと俊の背景に目をとめた。

そこには、淡くだが、赤い色が使ってあった。

高槻は、眉を顰めた。

そして、壁に立てかけてあった絵の一枚に視線を移した。俊の絵に取りかかる前に描き上げた、へその緒をつけたまま、うずくまって眠る子供の絵。

子供を包み込む光の中央に、偶然にも同じ赤を使っている。

血のような、炎のような――そして、悲鳴のような烈しい色彩を。

なぜ、こんな色を使ったのだろう……。

いつも、その時の直感で色を選ぶ高槻には、まったく趣の違う絵に同じ色を、同じように使った理由が、自分でもよくわからなかった。

俊の横顔と、うずくまって眠る子供に。

二枚の絵を見比べながら、高槻の瞳が、はたと一枚にとまった。

うずくまって眠る子供……？

13

クリスマスの華やいだ街並みも見ることなく、年の暮れの慌ただしさも知ることなく、涼は、高槻のマンションに閉じこもったまま、新しい年を迎えた。

高槻は、相変わらず多忙な日々が続いていた。

連日のように催されるイベントや、パーティー。その合間を縫って、祖父・圀光の住む高槻の実家と、父親であり、大東新聞社社長である、義明の入院先に出かけていた。

部屋にいても、秘書の関谷から、たびたび電話が入った。休みなどないような状況の中で、高槻は、わずかな時間をみつけては二階のアトリエにこもって絵を描いていた。

涼は、忙しく動き回る高槻を、ただ黙って見ていることしかできなかった。

寂しかった。心細かった。部屋に一人でいる時の得体の知れない不安は、膨れ上がるばかりで、気が狂いそうだったが、決してそれらを口に出すことはしなかった。

兄なら、高槻を困らせるようなことはしない。

その思いだけで、涼は懸命に自分を押しとどめていた。

だが、そんな健気ですらあった彼の自制は、高槻からの思いがけない言葉で打ち砕かれた。

「――病院に行こう」

その日、珍しく昼過ぎに会社から戻ってきた高槻は、涼の寝室に入ってきて、そう言った。

涼は、一瞬、自分の耳を疑った。

ゆっくりとベッドから身を起こしかけ、信じられないものでも見るように高槻を見た。

「……病院？　なぜ？」

「君は、摂食障害を起こしかけている。これ以上、放っておくわけにはいかない」

「摂食障害？」

「暮れから――いや、もっと前から、君は、ろくに食事を摂っていないだろう？」

「……」

「食べようと思っても、食べられなくなってしまったんじゃないのか？　このままじゃ、君の躰が危ない」

そう言いながらベッドに近づくと、高槻は、涼に向かって、「さあ」と手を差し伸べた。だが、涼は、かぶりを振って、その手から後退った。

「……い、いやだ。病院なんか行きたくない。俺は、どこも悪くない」

「『どこも悪くない』？　君は、自分が今、どんな顔をしているかわかっているのか？」

「本当になんともないんだ。勝手に病気にしないでくれ」

涼は、頑なにかぶりを振った。生気のない顔色も、やつれた頬も、彼にはまったく自覚がなかった。

だが、確かに涼は、一人でいる時、ほとんど食事を摂らなくなっていた。そう、得体の知れない不安感を覚えるようになってからだ。食欲がない、というより、食事を摂るという行為そのものが、彼の生活から、意識から、欠落してしまっていたのだ。だが、涼は、それを自身の〝変調〟とは認識していなかった。彼にとって、それはたいした問題ではなかった。そんなものは、すぐに治ると思っていた。そう、高槻さえ、そばにいてくれれば……。

「じゃあ、病気じゃないことを証明してもらいにいこう。じゃなきゃ、こんな君を残して、おちおち会社にも行けない。――さあ」

そう言って、腕をつかもうとした高槻の手を、涼はパシッと振り払った。

「いやだって言ってるだろうッ！」

思わず声を荒らげ、背中が壁に突き当たるまで後退ると、咎めるような目で高槻を見据えた。

「……なんで――なんで、無理矢理病院に連れてこうなんてするんだ？　もう、俺は必要ないってことか？　この部屋から追い出したいってことか？」

「何を言って――」

「そうなんだろう!? 俺に愛想が尽きたんだろう!? 俺が、兄さんみたいにできないから――」

言ってしまった後で、涼は、ハッと口に手をやった。

兄ならしない、兄なら言わない――そうやって、懸命に自戒してきたはずだったのに。

彼は、自分で自分の放った言葉に茫然自失となった。

「……兄さんなら、こんなこと言わない……こんな感情的になったりしない……」

「……」

「に、兄さんは、いつも落ち着いてて……物静かで……だから、こんなこと言っちゃいけない……いけない……」

涼は小刻みに震えながら、自分に言い聞かせるように、唇の中でブツブツと呟く。明らかに、彼は錯乱していた。じっと耐え忍んできた不安と孤独のせいで、薄氷のように危うくなっていた彼の精神だった。それが、高槻の一言によって、遂に亀裂が生じてしまった――。

「……ずっと部屋に閉じこもっているのも良くない。外に出よう。少しは気晴らしになる」

痛々しげに涼をみつめながら、高槻が言った。涼は、ふと目を上げ、高槻を見ると、怯えた顔で弱々しくかぶりを振った。

「……ちゃんと兄さんみたいにするから……駄目なところがあるなら直すから……だから……だから、ここから追い出さないで……」

「……」

「なんでも言うこと聞くから……だから……だから……」

捨てられ、また独りぼっちにされることが、涼は何よりも怖かった。

彼を怯えさせていた不安の正体は、これだった。

高槻は、今でも兄を愛している。愛しているからこそ、兄の面影を宿した涼を身代わりにした。だから、涼は懸命に兄に近づこうとした。懸命に自分を殺そうとした。だが、それでも兄にはなれない自分は、いつかは高槻に見限られてしまうのではないか、捨てられてしまうのではないか、という恐れだった。

そう、高槻の絵を見た時に知った兄への変わらぬ愛は、涼を追い詰めてしまったのだ。

「……なら、食事をちゃんと摂ってくれ」

痛みに耐えるように、高槻は涼から目を伏せ、そう言った。

「食事？」

「食べないと躰を壊す。病院に行きたくないのなら、ちゃんと食べるんだ」

「食べたら、病院に連れていかない？　ここから追い出さない？」

縋るような目で涼は尋ねた。

「……一人にしない？」

高槻は、再び彼に視線を戻すと、静かに微笑み、「ああ」と頷いた。

そして、もう一度、差し出した手で、彼の不安を取り去ってやるかのように、その躰を強く抱きしめた。


高槻が作ってくれた料理を、涼はほとんど食べることができなかった。

高槻の言うとおり、彼の躰はもう、すっかり食べることを拒否するようになっていた。食べようと思っても、食べられないのだ。高槻が一緒にいても。

食べたのは、ほんの三口程度だったが（それもすぐに吐いてしまったが）、高槻は何も言わなかった。「やっぱり病院に行ったほうがいい」とも言わなかった。

食事の後、高槻はベッドに入ってきて、涼の傍らに寄り添った。

「……今日は、もう出かけないの？」

不安そうに涼がそう尋ねると、高槻は「ああ、出かけないよ」と答えた。

「本当に？」

「ああ」

高槻は、はっきりと頷き、涼の躰を胸に抱き寄せた。そして、彼の髪に、額に、頬に、口接けを降らせてきた。

涼は、ようやく安心したように目を閉じた。

こうして高槻の腕の中にいるのが、夢のようだった。

もう、どれぐらい高槻に抱かれていなかっただろう。

だが、躰を繋いでいなくても、ただ触れ合っているだけで、こんなに温かく、満たされた気持ちになることを、彼は初めて知った。

そして、その幾日ぶりかで咬みしめる安堵感に、このまま死んでしまってもいい、とさえ思った。

それほど、涼は幸せだった。

おそらく、高槻と過ごした時間の中で、この時が一番幸せだったのかもしれない――。

「……君は、本当に小さな子供みたいだな」

ぽつりと落ちてきた呟きに、涼は、ふと目蓋を開いた。

顔を上げると、高槻の静かな微笑とぶつかった。

その腕の中で、涼は、無意識に躰を小さく丸めていたのだ。

「……変？」

涼は訊いた。

「兄さんは――」

するとみなまで言わせぬように、高槻はかぶりを振った。

「いいや、変じゃないよ」

その笑顔は、本当に涼の幼さを嘲っても、厭《いと》ってもいなかった。

涼は、ほっと安堵の息をつき、それから、ふと思い出したように呟いた。

「……小さな子供の絵」

「ん？」

「へその緒のついた小さな子供の絵を――」

「ああ、見たのか？」

「……ごめん」

「いや、構わないよ」

高槻は、気分を害した様子はなく、苦笑いを浮かべながら言った。

「けど、どう思った？　気味の悪い絵だと思ったんじゃないのか？」

「気味が悪い、って言うか……不思議な絵だった。どうして、へその緒がついてたんだろう？　あの子供は、もう赤ん坊じゃなかったのに」

涼は真顔でそう呟いた。すると、高槻は、困ったように小さく肩をすぼめた。

「あくまでもイメージだから。あの子供の心は、赤ん坊の時のまま止まってしまっている。そして、いつも母親の胎内にいた時の夢を見ている」

「母親の胎内……」

高槻は頷いた。涼は、不思議な気持ちで、絵に描かれた子供の姿を思い返す。

子供は眠っていた。暖かな光の中で、安らかな寝顔で――自分には、到底手に入れることのできない至上の幸福の中で――。

「――でも、あの子供は死んでるんでしょう？」

「……え？」

「だから、あんな安らかな顔で眠れるんだ。死は、母親の胎内にいるのと同じくらいの安らぎと幸福をあの子供にもたらしたんだ」

「……」

「いいね。もう苦しむことも、哀しむこともないなんて……」

吐息のように呟いて、涼は高槻のぬくもりに包まれながら急速に眠りに落ちていった。

14

人の話し声が、遠く近く聞こえた。

眠りから覚めた涼が、ゆっくりと目蓋を開くと、扉から出ていく白衣の背中が見えた。

そこは、病室だった。

ベッドに仰向けに横たわった彼の左腕は、点滴の針で固定されていた。わずかに首だけを動かして辺りに視線をやると、ベッドの脇に佇む関谷の姿があった。

高槻はいなかった。

それだけで、涼はすべてを理解した。

終わったのだ。高槻に必要とされていた時間が、一人ではないと思えた時間が。

だが、自分でも不思議なほど、静かな気持ちだった。

あの部屋から追い払われることを、高槻に捨てられ、また独りぼっちになることを、あれほど恐れていたのに、いざ、その時が来てみると、涼の胸に押し寄せるのは、哀しみよりも、寂しさより

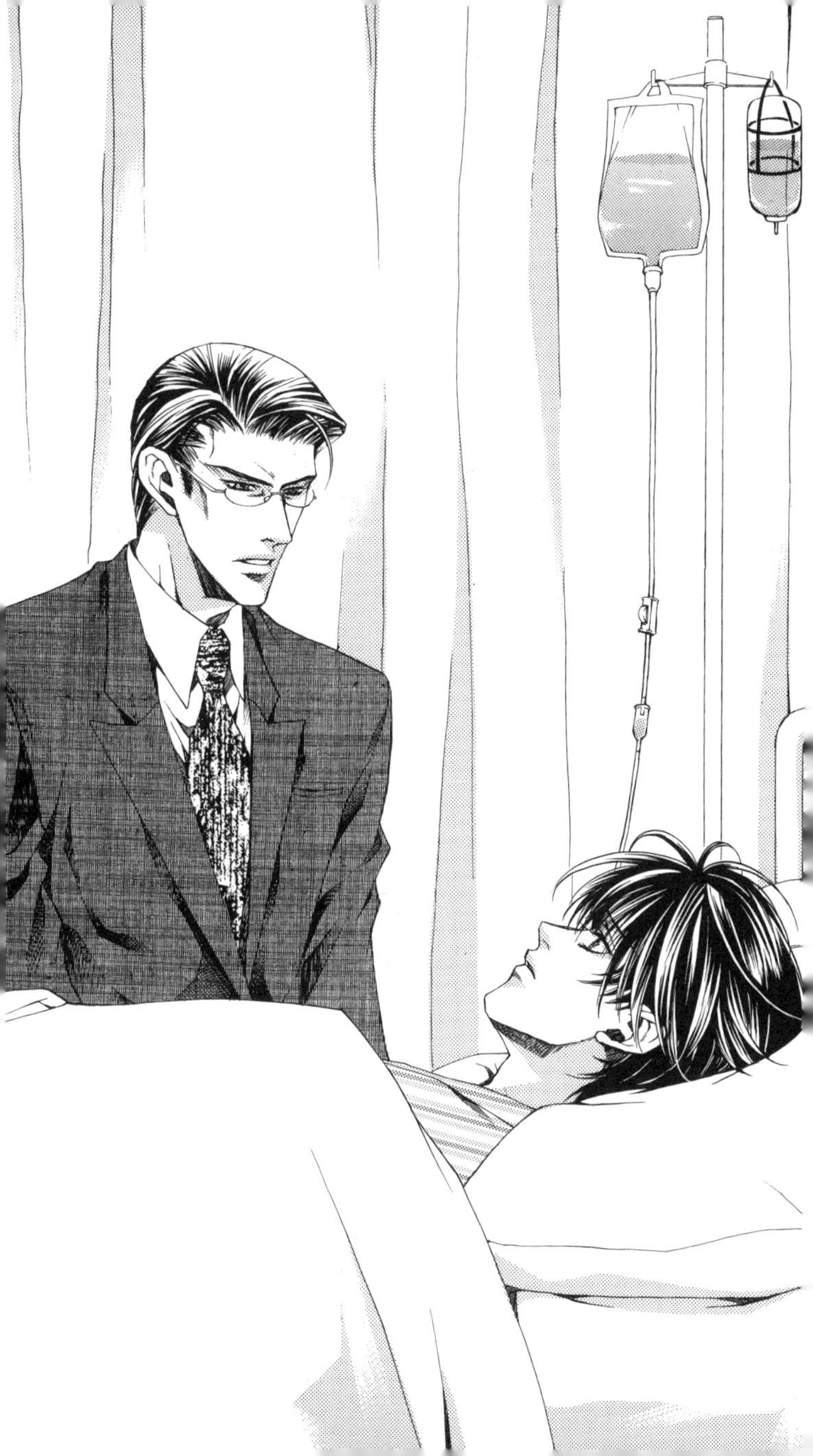

も、虚しさだった。

まるで、幸せな夢から、不意に目覚めてしまった時のような、その幸せな夢が、どこまでも夢でしかないことを知ってしまった時のような——。

「——気がつかれましたか?」

涼が目覚めたのに気づき、関谷が声をかけた。

高槻の忠実な秘書は、涼に対しても恭しい態度を崩すことなく、控え目な眼差しを向けていた。

思えば、健史の誕生日に鴻上の邸宅に行って以来、高槻以外の人間の姿を見るのも、声を聞くのも初めてだった。

「……俺は、いつからここに?」

涼は、落ち着いた声で尋ねた。

「一昨日の夕方からです。丸二日、眠っていらっしゃいました」

「あなたが俺を?」

「いいえ、こちらに運ばれたのは征一様です。私は、昨日連絡を頂き、様子を見にいってきてほしいと頼まれました」

「征一様?」

その呼び方を思わず聞き返すと、関谷は、涼が何を訝しんでいるのか察したらしく、すぐにつけ加えた。

「征一様は、二日前の取締役会で副社長を辞任なさいました」

「辞…任？」

「はい。義明社長が復帰なさいましたので」

「そんな……」

それは、まったく思いもしなかった展開だった。驚きを隠さずに茫然としている涼に、関谷は慇懃に言葉を続けた。

「征一様は、初めから、義明社長が戻れば、社から退くおつもりでした。万が一、義明社長が退任なさっても、佐々木現副社長を新社長に、とお考えで、ご自身には、会社を継ぐ意志はまったくありませんでした。強引な世襲を誰よりも嫌っておいででしたから。ただ、かつて家出同然でヨーロッパに渡ってしまわれたので、このたびの帰国で、ご家族の承諾をちゃんと得たかったのでしょう。社の仕事を手伝う傍ら、ずっと圀光会長に説得を続けておられました」

「……圀光会長は、いずれは高槻さんを社長に据えるつもりだったと……。それで、日本に呼び戻したのではないのですか？」

「はい。それは、義明社長も同じお気持ちでした」

「けれど——結局は、高槻さんの意志を尊重した、と……？」

「はい」

「では、高槻さんはこの後――」

「ロンドンに戻られます」

はっきりと言い切られた。

高槻は、最初から日本に長くいるつもりはなかったのだ。

微かなショックとともに、凉は、必要最低限の調度品しか置かれていなかった、絵の一枚も飾られていなかった高槻のマンションを思い出した。

最初から、長く暮らすつもりのない部屋だった。ホテルのような仮の住まいだった。なのに、あれほどの広さを求めたのは、アトリエのためと――俺を飼うためだった。

なら、俺のことも、最初からあの部屋に長く置いておく気はなかったのだ。

用がすめば捨てる。日本にいる間だけの、ひとときだけの慰み。その後で俺がどうなろうが、知ったことではない。

そう、高槻は言っていた。「君に輝かしい未来なんてものがあっちゃいけないんだよ」と。

俺をズタズタに傷つけることが、高槻の目的だった。それは、レイプだけじゃない。兄の身代わりにして飼うことも、〝鴻上凉〟という人間の人格を無視し、自尊心を踏み躙っていることを考えれば、同じことだった。

なのに俺は、兄の身代わりとしてでも、高槻に求められることに悦びさえ感じていた。孤独を癒されさえしていた。そして、高槻に愛想を尽かされまい、捨てられまいとして、健気に〃俊〃になりきろうとしていた――。

なんて滑稽だ。

沈黙してしまった涼を、関谷は無言で見守っていたが、やがて、どことなく切り出しにくそうに唇を開いた。

「……それで――今までの謝礼として、征一様より、小切手をお預かりしております。金額にご不満でしたら、おっしゃってください。今までお住まいのマンションも、そのままご自由にお使いくださって結構です。それから、もしお望みであれば、大東新聞社は、あなたを取締役秘書として迎え入れることが可能です」

関谷の声には、感情が欠落したように抑揚がなかった。高槻の口からではなく、自分の口から〃謝礼〃という言葉を聞かされる涼の気持ちを慮《おもんぱか》ってか、わざと事務的に言葉を並べ立てているように聞こえた。

だが、その大きすぎる報酬は、高槻が初めから考えていたものなのだろうか。それとも、涼に対して、すまなかったという気持ちが多少なりともあったからなのだろうか。

涼は、なんの感動もなく聞きながら、静かにかぶりを振った。

「……謝礼などいりません。俺は、そんなものが欲しくて、兄の身代わりになっていたのではありません」

金も、地位も欲しくない。そんなもの、一度だって望んだことなどない。

兄の身代わりとして、この身を差し出しながら、望んでいたのはきっと、兄に注がれていた愛情の一欠片だった。

かつて、兄の遺志を引き継いで、兄のように生きよう、兄に代わって生きようとしていた時のように。それが兄を失った人達への償いだと自分に言い聞かせながら、だが、心のどこかで、兄のようになれば愛してもらえるのではないかという淡い期待を抱いていた時のように。

兄の身代わりとしてなら、愛してもらえる。必要としてもらえる。

そう、俺は、ただ愛してほしかった。優しく微笑みかけられ、狂おしく抱きしめられ、兄の身代わりでいいから、兄に注いだ愛のほんの一欠片でいいから、愛してほしかったんだ――。

再び沈黙してしまった涼に、関谷は何か言いたげに唇を開きかけたが、何も言わぬまま、口をつぐんだ。

ややあって、涼は言った。

「――一つだけ教えてもらえませんか？」

「はい」

「高槻さんは、いつ日本を発つのですか？」

もしかすると、高槻は、もう自分に会う気などないのかもしれない。だが、涼は、彼を傷つけ、苦しめ、だが、ひとときとはいえ、安堵と、充足と、歓喜を与えてくれた男と、最後にもう一度だけ、会いたかった。

「はっきりとした日にちは、まだ……。描きたい場所があるとかで、もうしばらく日本におられるそうです」

「描きたい場所？」

「はい。確か、千葉のK海岸——とおっしゃっていました」

涼は、静かに息を呑んだ。

——K海岸……。

そこは、兄の命をさらっていった海だった。

15

涼がK海岸を訪れるのは、七年ぶりだった。

兄を亡くしてから、K海岸には――いや、海には一切近寄っていなかった。

水面《みなも》に立つ、さざ波の音。潮の匂い。海の気配を感じただけで、兄を失った時の恐怖感が甦ってくるからだ。

だが、涼には、事故直前の記憶が欠落している。彼が思い出すのは、冷たく、荒い波に呑み込まれた時の恐怖ではなく、ゆらゆらと揺れる灰色の海の上に、自分一人しかいないことを知った時の恐怖だった。

ともすれば、怖じ気づいて動けなくなりそうな自分を無理矢理奮い立たせ、彼はK海岸に向かった。そこには、高槻がいるはずだった。

だが、会えるかどうかはわからなかった。

体力が回復するまでは、と渋る医師を強引に説き伏せ、涼が病院を退院したのが昨日だった。高槻がK海岸を訪れていることを関谷から聞かされてから、すでに一週間が過ぎていた。

関谷は、あの後も二度ほど涼を見舞ってくれたが、高槻については何も言わなかった。おそらく、まだK海岸にいるということだろう。そう勝手に判断したが、高槻が関谷に連絡をしないまま、K海岸から去ってしまっていることも考えられた。仮にまだいたとしても、涼が向かおうとしている場所に、高槻が必ずしも現れるとは限らない――。

涼は、海沿いの国道を走るタクシーの中から海岸を眺めながら、やがてごつごつとした岩場が見えてくると、そこでタクシーを降りた。歩いて脇道を通り抜け、海べりに出る。陽の光を受けた海面が、銀色に輝いていた。風は冷たかったが、空は青く晴れ渡り、波は穏やかだった。

涼は、国道から見えた岩場を目指した。確かな場所は記憶にないが、兄と行ったのも、岩の多い場所だった。

七年ぶりに訪れる海に、思いの外、恐怖感はなかった。

目の前に広がる海が、兄をさらっていった同じ海とは思えないからかもしれない。今、涼の胸に去来するのは、恐怖感よりも、兄を犠牲にして自分一人が生き残ったという罪悪感のほうだった。

本当は、ここで死んでいたのは、お前だったかもしれないのに――。

頭の中で誰かが囁く。

兄を失った時の恐怖感は、時とともに薄らぎ、やがては消えていくのだろう。だが、兄を犠牲にして自分一人が生き残ったという罪悪感は、きっと死ぬまで消えないに違いない。

今まで、海に近づけなかったのは、もしかすると、何よりも、この罪悪感と向き合うことが怖かったからなのではないだろうか。

岩場に辿り着くと、涼は、岩の上を歩いて波打ち際へと行った。

果たして、ここが事故のあった場所なのか、涼にはわからない。朧気《おぼろげ》な記憶の中の場所と似ているような気もしたが、まったく違うような気もした。そして、ここに高槻が来るかどうかもわからなかった。

ただ、もし高槻がこの海を描くとするなら、兄が最後にいた場所を描くだろう。涼は、何の根拠もなくそう思っていた。だが、涼自身が事故のあった正確な場所を覚えていないのだから、彼の憶測が当たっていたとしても、ここで高槻に会える可能性は極めて少ない。

涼は、自分でも、こんな万に一つの可能性に賭けるような、奇跡に近い偶然を待つような真似までして、高槻に会おうとする自分が理解できなかった。しかも、こんな、つらく、哀しいだけの場所に、一番訪れたくなかった場所に来てまで。

そこまでしてあの人に会って、俺はどうしたいのだろう?

あの人は、もう用がないから俺を捨てたのに。

あの人が愛しているのは、兄だけなのに――。

涼は、ふと空を仰いだ。

澄みきった青い空が、どこまでも広がっていた。そして、目の前には、どこまでも広がる海。

突如として――そう、あまりに思いがけなく、涼は、その光に溢れた世界の向こうから、死がこちらに向かって手招きしているのを見た。

――ああ、そうか。そうだったのか……。

彼は今、ようやく理解した。

自分には、もう居場所などないのだと思っていた。帰る場所など、もうどこにもないのだと。

だが、そうじゃなかった。

ここが、涼の帰る場所だったのだ。兄の命と引き換えに、涼が命を貰った場所。

なんだ。俺はここに戻ってくればよかったんだ。

涼は、ゆっくりと足を前に踏み出した。水面がきらきらと輝きながら、小さなささめきのように、ゆらゆらと揺れている。甘美な死が、彼を迎え入れようと両手を拡げて待っている。

もういいだろう、兄さん。せっかく、兄さんが命をなげうってまで助けてくれたのに、俺にはそれだけの価値はなかった。俺なりに頑張ったつもりだったけど、駄目だったみたいだ。だから、もう兄さんのところへ行ってもいいだろう？　俺も、あの人の描いた絵の中の子供のように、苦しみも、哀しみもない世界で、安らかに眠りたいんだ――。

吸い寄せられるように、海に向かって、涼の躰がぐらりと揺らいだ時だった。

「――涼ッ！」

自分の名を呼ぶ声が、一閃《いっせん》の稲妻のように涼を正気に戻した。

振り返ると、彼のいる場所からわずかに離れたところに、高槻が立っていた。

だが、涼には、それが現実なのか、幻なのか、一瞬、判断がつかなかった。

すると、岩の上に茫然と突っ立ったままの涼に向かい、高槻はどこか怒ったような強い口調で叫んだ。

「そんなところで何してるんだ!? やめろッ、こっちに戻れッ！」

不意に、涼は奇妙な感覚に襲われた。

以前にも、これと同じようなことがあった。

岩場の波打ち際に立っていた彼を、呼び止めた強い声。

波の音。潮の匂い。冷たい風が頬を撫でていた。

（――涼ッ！ やめろッ、危ないッ！）

あれは――あの時、そう叫んだのは――。

涼の顔は、見る間に蒼ざめ、凍りついていく。

失われていた記憶が、甦ろうとしていた。

16

あの日――

兄の運転する車で、K海岸へ出かけた。

車の中ではほとんど話をすることはなく、K海岸に着いて車を降りると、ぶらぶらと海辺を歩きながら、先に口を開いたのは涼のほうだった。

「――なぜ、海に行こうなんて思ったの？」

空は、朝から薄曇りだった。風は冷たく、海は、空を映して、灰色の寒々しい色をしていた。堤防で釣糸を垂れる人の姿もまばらで、彼らと涼達を除けば、浜にも、沖にも、人の姿はなかった。

「……昔、家族で来たことがあったな、と思って」

兄は言った。

「昔、っていつ？」

「お前がまだ幼稚園の頃だよ。覚えてないか？」

「……覚えてるわけないだろ。そんな昔のことなんて」

まだ、〝家族〟の一員だった頃のことなんて。

ぶっきらぼうに返して、涼は、堤防とは反対側の岩場のほうへ歩いていった。その時の兄の顔は知らない。

兄は、黙って涼の後を歩きながら、やがて、ぽつりと言った。

「……家を出ようかと思ってる」

思いがけない告白に、涼は驚いた顔で振り返った。

「え？　家を出る？」

「ああ。日本を離れようと思う。スペインに友人が行ってるんだ」

「それって、留学じゃなく？」

「ああ」

「大学は？」

「辞めるつもりだ」

迷いもなく言い切った兄に、涼は信じられない思いで目を瞠った。

兄の通う大学は、父と祖父の出身校でもある一流大学だった。

「何言ってんの!?　そんなの無理に決まってるじゃないか!?　兄さんは、大事な跡取りなんだ。大学中退して日本を離れるなんて、父さんが赦すわけない。それに、母さんだって、兄さんが出ていったら哀しむ――」

「――お前は？　涼」

「え？」

「お前は、俺が出ていったら哀しいか？」

兄は、静かな声でそう問うた。

涼は困惑した。一瞬、言葉が出てこなかったのは、その唐突な質問よりも、兄のどこか寂しげな表情のせいだった。

「……そんなこと訊いて、どうするんだよ」

「お前が、俺がいなくなったら哀しいと言うなら、出ていかない」

涼は、またしても大きく目を瞠り、それから、ふっと吹き出した。

「どうしたんだよ、兄さん。今日、なんだかおかしいよ。兄さんがいなくなって、どうして俺が哀しむんだよ」

涼は、両親の関心と期待を独り占めする兄を、ずっと羨み、妬み――時には、憎しみさえ抱いた。

〝兄などいなければいい〟と思った。兄も、それを知っていたはずだった。ここ数年、まともに口をきくこともなく、たまに口を開いても、憎まれ口しかきかなかった。

なのに、どうして俺が哀しむなどと思うのだろう。

兄の言葉があまりに不可解で、涼は思わず嗤いながら、だが、いつものような悪態をつくことができなかった。

自分をみつめる兄の瞳があまりに寂しげだったからだ。

突然、家を出ていくと言い出したのが、兄自身の意志ではなく、〝兄などいなければいい〟と思っていた自分のせいであるような気がしてきて、涼は途端に後ろめたい気持ちになり、嗤笑を消すと、兄からフイッと目を逸らした。

「……例えば、俺がいなくなったって、兄さんは哀しまないだろ？　それと同じだよ」

半ば捨て鉢にそう呟いた。

兄を傷つけるつもりはなかったが、そうした捻《ひね》くれた言い方しかできない自分の言葉は、おそらく兄を傷つけた。

兄は言った。

「……俺は、お前がいなくなったら哀しいよ」

涼は、兄に視線を戻した。

風が、強くなってきた。嵐でも来るのだろうか。さっきよりも高くなってきた波が、岩に当たって砕け散り、また新たなうねりとなって打ち寄せる。

冷たい潮風に吹かれながら、兄の視線は涼から動かぬままだった。

「お前を愛しているから」

その瞬間、涼の顔から表情が消えた。

「……愛してる？　俺を？」

「ああ。お前を愛している」

兄はもう一度、はっきりと、真摯にそう告げた。涼は、かぶりを振った。

「……嘘だ」

涼の瞳には拒絶が、声には怒りが滲んでいた。

「嘘じゃない。俺は、本当にお前を――」

「嘘だ。嘘だ。嘘だっ」

涼は、激しくかぶりを振りながら、近づく兄から遠ざかろうと後退った。

「兄さんは――兄さんは、俺を憐れんでるんだ。誰からも愛されない弟を、『ああ、なんて可哀相な弟なんだ』って、そう思ってるだけなんだ。そんなの捨てられた子犬に向ける同情と一緒じゃないか。兄さんは、同情と愛情を履き違えてるんだッ」

「違うッ。同情なんかじゃないッ」

いつも物静かな兄が、強い口調で食い下がった。

「同情なんかじゃないんだ。本当にお前が愛しいんだ、涼。自分でも、実の弟にどうしてこんな感情を抱いてしまったのかわからない……」

「じゃあ、どうして俺を助けてくれなかったんだ!? どうして、いつも黙って見てるだけで、何もしてくれなかったんだ!? あの家に俺の居場所がないこと、兄さんだって知ってたはずだッ」

「……」

「『愛してる』って言葉にするのは簡単だよ。けど、それで、愛してる、ってことにはならないよ。どうせ、兄さんは家を出ていく気でいるんだろう? どこか遠くに行っちまうんだろう? 『愛してる』なんて言葉だけ置いていって、どうなるって言うの? それで俺が喜ぶとでも思ってるの、俺が変われるとでも思ってるの?」

涼には、兄の告白を信じることができなかった。

彼には、兄が何かに心を強く動かされることなどないように見えた。そう、誰かに惹かれたり、欲望を感じたりすることなど想像もつかなかった。それが、よりにもよって、自分を愛していたなんて、いつも自分をみつめる兄のあのどこか哀しげな瞳が、愛だったなんて、どうして信じられるだろう――。

だが、それだけではない。涼が兄の告白を信じられなかった――いや、信じようとしなかったのは、何よりも、彼自身が固く心を閉ざしてしまっていたからだ。

頑なに拒絶を示す涼に、兄は哀しげに眉を曇らせた。

「……なら、どうすればいい？　どうすれば、お前は信じてくれるんだ？」

「愛しているなら、証拠を見せてよ。言葉なんていらない。本当に愛しているなら、兄さんの持ってるもの、すべて俺にくれよッ」

涼は、本気でそう叫んだ。ほとんど悲鳴のようだった。

「愛しているなら――愛しているなら、すべて――」

その時、兄の顔にハッと緊張が走った。

「――涼ッ！　やめろッ、危ないッ！」

涼は、気づいていなかった。

いつの間にか、波打ち際まで岩の上を後退っていたことを。

気づいた時には、彼の足は空《くう》を踏んでいた。目の前の兄の姿がぐらりと傾《かし》いだ。いや、傾いだのは彼の躰のほうだった。風が、波が、まるで何かの触手のように冷たく絡みついてきて海に引き込もうとするのをスローモーションのように感じながら、彼はそれに逆らうことができなかった。

「――涼ッ！」

兄の声は、波の音に掻き消された。

――すべて、思い出した。

記憶を失くしていたのは、失くしてしまいたかったからだ。

涼は、その場に竦然と立ちすくんだまま、ガタガタと震え出した。

「――どうした？　おいッ!?」

ハッ、と現実に引き戻された涼の瞳に、こっちへ来ようとしている高槻の姿が映った。涼は、にわかに険しい顔になり、「来るなッ」と怒鳴った。

高槻は足を止めた。

「……俺が……俺が、兄さんを殺したんだ……」

血の気を失った涼の唇から、苦しげな、うわ言のような呟きが洩れた。

「兄さんは……俺を愛してる、って――なのに、俺は信じられなくて……。だったら証拠を見せてくれ、って。愛してるなら、兄さんの持ってるもの、すべて俺にくれ、って――」

「……」

「だから……だから、兄さんは死んだんだ。俺なんかのために命を投げ出してしまったんだ。俺が、あんなことを言ったばかりに…ッ……」

涼の瞳は高槻に向けられながら、高槻を見ていなかった。彼は、自分自身に向かって叫んでいた。自ら封じ込めた記憶。ずっと海に近寄れなかったのは、きっとこの記憶が解き放たれるのを、この罪が暴かれるのを無意識に恐れたのだ。

兄は、涼の言葉どおり、すべてを差し出した。愛している――と、身を以て証明した。

自分が兄を殺した――殺したも同然だ。

「……君がそう言わなくても、俊は君を助けるために海に飛び込んだよ」

高槻が言った。

気休めにしか聞こえないその言葉に、涼はかぶりを振った。

「――…俺が兄さんの言葉を素直に信じていれば、あんなことにはならなかった」

そう言って、背後に広がる海をゆっくりと振り返る。

「……死ぬのか？」

やけに冷めた声で高槻が尋ねた。涼が答えずにいると、重ねて訊いた。

「死んで向こうで俊に詫びるつもりか？　俊が助けた命じゃなかったのか？」

「……」

「死ねば、あの絵の中の子供のように楽になれると思っているんだろう？　この罪悪感から解放されると」

涼は、再び高槻を見た。その瞳には、微かな狼狽が浮かんでいた。高槻は、図星か、とばかりに苦笑をこぼし、言葉を続けた。

「死ねば楽になれる、っていうのは、生者の幻想だよ。本当のところはどうなのか、死んだ奴にしかわからない。――どうする？　今度は俺を殺すか？」

「え？」

「君が海に飛び込んだら、君を助けに俺も飛び込む。俊のように」

質の悪い冗談だと思った。一瞬、冷笑を返しかけた涼の顔は、高槻の真剣な目に、見る間に硬張り、蒼ざめた。

「……嘘、だろ？」

「嘘かどうか、試してみるか？　だが、いくら波は穏やかだといっても真冬だからな。飛び込んだ途端、心臓麻痺を起こして君を助けるどころじゃないかもしれないが……」

高槻が、ゆっくりと近づいてくる。

「……嘘だ……あなたにそんなことができるはずない……できるはずない……」

かぶりを振って、そう繰り返しながらも、涼は、凍りついたようにその場から動けなかった。七年前の悪夢が、あの恐怖と悔恨が、彼を竦み上がらせていた。

（――涼ッ！　やめろッ、　危ないッ）

やがて、涼の前に立った高槻が、海からの風に晒されて、すっかり冷たくなってしまった彼の手を取った。

「——君に、言っておくべきだった。あの子供は、死んではいないよ。母親の胎内から引きずり出され、へその緒を断ち切られながら、それでも生き続けているんだ」

その途端、張り詰めていた緊張の糸が、ぷつんと切れたように、何かの呪縛から解かれたように、涼はずるずると膝から崩れ落ちた。そして、高槻の手を握りしめながら、声をあげて泣いた。

17

熱いコーヒーを注いだマグカップを握りしめた途端、涼は、自分の手が氷のように冷えきっていたことに初めて気がついた。

カップから伝わる熱が心地好く、凍りついていた指先がじわじわと溶けていくのがわかった。そうやってぬくもりを楽しみながら、何気なく顔を上げると、湯気の立ち上ぼるカップを持ったまま窓辺に立ち、外を眺めている高槻がいた。

窓から海の望めるこの部屋は、高槻の父親の所有する別荘だった。

高槻は、会社を離れてから、この別荘で絵を描いていた。

部屋の中には、海岸をスケッチしたものがもう何枚もあった。そして、洒落た飾り棚も、ローボードの上も、ガラステーブルも、画材置き場にされ、一応、居間であるはずのこの部屋は、すっかりアトリエと化していた。ここで、誰にも気がねせず、絵に没頭している高槻の姿を、涼は容易に想像することができた。

ここには、高槻の本来の仕事を邪魔するものは何もない。堅苦しいスーツを無理矢理着ることもなければ、社交界でのさまざまなつき合いに時間を割かれることもない。携帯電話で突然、呼び出されることもなければ、他人との軋轢《あつれき》に煩わされることもない。

おそらく、ここにいるのが本当の高槻征一だった。

高槻は、涼がこちらを見ていることに気づくと、カップを持ってソファーに戻ってきた。彼が人心地つくのを待っていたようだった。

「――落ち着いたか?」

涼は、気恥ずかしげに小さく頷いた。

「関谷から、君が昨日退院したと連絡を貰っていたんだが、まさか、昨日の今日で、こんなところにまで来るとは思ってもみなかった。躰は、もう大丈夫なのか?」

涼は「うん」と頷き、コーヒーをこくりと一口飲んだ。

「……毎日、あの海岸に?」

「ああ」

「絵を描くため?」

「それと――いろいろ整理したいことがあってね」

高槻は、涼から視線を伏せて、そう答えた。

いろいろ整理したいこと――。それは、ずっと断ち切れなかった兄への想いのことだろうか。

「……知ってたんだ。兄さんが、俺を好きだったたってこと」

涼は、ぽつりと呟いた。

束の間、沈黙があって、高槻は言った。

「俊は悩んでいたよ。家のこと、そして、君のこと――」

「兄さんは、あなたに打ち明けたの？」

「ああ。いつも、弟の話ばかりしてた。昔は、『お兄ちゃん、お兄ちゃん』と慕ってきて可愛い弟だった。甘えん坊で、寂しがり屋で、ほんの少しわがままだった。だから、本当は父も、母も、俺なんかより弟をもっと可愛がってやるべきだった。もっと抱きしめてやるべきだった。愛されたがって、必死に足掻いている弟がいたましくて、なんとかしてやりたいのに、俺は何もしてやれない、と。俺は俊に、それは同情じゃないのか？　と言ったんだ。誰も愛してやらない弟を、自分だけは愛してやろうと思ってるんじゃないのか？　と」

そうだ。涼も、兄にそう言った。それは、捨てられた子犬に向ける同情と一緒だ、と。

高槻は言葉を続けた。

「最初はそうだったのかもしれないが今は違う、と俊はきっぱり否定したよ。同情ならば、こんなに苦しまない、と。君を愛していると言いながら、その反面、実の弟にそんな感情を抱いてしまった自分を責めていた。俺は、そんな彼を見ているのがつらかったよ」

「兄さんとあなたは、恋人同士じゃなかったんだね？」

「俺の一方的な片想いだ。俊にとっては、俺は〝良き友人、良き理解者〟だった」

「兄さんは、あなたの気持ちは知っていたの？」

「薄々は」

「はっきりとは言わなかった？」

「言えば、彼の苦しみをもう一つ増やしてしまう。俺の想いに応えることができない、という苦しみをね。だから、『好きだ』とは一度も言わなかった。ただ、日本を離れる時、『一緒に来ないか』と言ったんだ。案の定、振られたけどね」

自嘲するように仄かに笑った高槻に、涼は哀しげに目を伏せ、首を横に振った。

「……兄さんは——でも、あなたのところへ行こうとしていた。あの事故のあった日、兄さんは俺に、家を出て、スペインにいる友人のところへ行こうと思う、って——」

初めて知らされた事実であるはずなのに、高槻の表情は変わらなかった。だが、その静かな眼差しが、却って涼にはつらかった。

「あの事故さえなければ、兄さんはあなたのところへ行っていたんだ……」

「——俊が家を出ようと思ったのは、君のためだ。俺を追いかけてきたかったわけじゃない」

思いがけない高槻の言葉に、涼は、ふと瞳を上げた。

「俺の、ため？」

「〝鴻上〟の重圧から逃れたいのもあったのだろうが、自分がいなくなれば、両親の愛が君に向くと思ったんだろう。前に言っていたことがあった。俺が弟のためにしてやれることがあるとするなら、弟の前から消えてやることかもしれない、ってね」

涼の瞳が、大きく見開かれた。

凍りついた呼吸は、哀しみに満ちた嗚咽に変わり、思わず手で塞いだ唇の間から、弱々しく洩れた。

やはり、兄は知っていた。〝兄などいなくなればいい〟と思っていた弟の、哀しく歪んでしまった心の中を。

（……家を出ようかと思ってる）

（お前が哀しむのなら、出ていかない）

ああ、どうして。兄がこの心を知っていたように、自分も兄の心を推し量ることができなかったのか――。

「……俺は、兄さんを嫌いじゃなかった」

涼は瞑目《めいもく》し、両手で顔を覆った。

「両親に溺愛されてた兄さんを、羨んで、妬んで、憎んで、〝いなくなればいい〟とさえ思って——けど、心から嫌ってたわけじゃなかった」

本当は、寂しかった。いつからか、遠い存在になってしまった兄が。両親に疎まれ、孤立してしまった家の中で、兄だけは味方でいてほしかったのだ。

反発していたのは、甘えたい気持ちの裏返し。愛されたい気持ちの裏返し。本当は、聡明で優しい兄が憧れだった。

健史の素直さを羨んだのも、健史のような弟でなかったことを悔やんだのも、兄を好きだったゆえの悔恨だった。

せめて、兄を嫌いではなかったことだけでも知っていてくれたなら——。

いや——と、涼は思った。

知っていたのかもしれない、兄は。

知っていたから、何も言わず、いつも哀しげに俺をみつめていたのではないだろうか。兄が哀しんでいたのは、決して成就することのない自分の想いではなく、固く閉ざされてしまった弟の心のほうだったのではないだろうか。

俺が心から嫌っていたわけではないことを兄が知っていたとしても、知らなかったとしても、俺が兄の声に耳を塞ぎ、差し伸べられた手を振り払ったことには変わりない。兄を、苦しませたまま、哀しませたまま、逝かせてしまったことには変わりない。

「……俊を抱いたのは、一度だけだ」

今更のように悔恨に苛まれ、涙をこらえる涼をみつめながら、高槻が言った。

涼は、ふと両手を離し、面《おもて》を上げた。

「一度だけ、俊は苦しみに耐えかねて俺に救いを求めてきた。でも、その後、彼は後悔していた。俺に『ごめん』と謝った。俺の気持ちを知っていて利用してしまったことへの『ごめん』だったと、俺は解釈した。傷ついたよ。そして、君を憎んだよ。俺なんかの入る隙もなく、俊の心を占めている君を。俊の気持ちに気づきさえせず、ただ彼を苦しめてるだけの君を」

「……」

「日本に戻ってきて——俊が死んだことを知った時、しかも、君のせいで死んだことを知った時、俺は本気で君を殺してやりたいと思った」

言葉とは裏腹に、高槻の声は穏やかだった。そして、涼も、やけに落ち着いた気持ちでいる自分が不思議だった。

「……それなのに、このまま俺を解放してしまってもいいの？　俺を憎んでいたんだろう？　ズタズタに傷つけたかったんだろう？」

涼は訊いた。高槻は、非難も、罰も、屈辱も、すべて甘受するつもりでいるかのような、涼の真っ直ぐな瞳から、すっと視線を逸らした。

「……君は、もう充分傷ついただろう」

「でも、兄さんを苦しめたまま、哀しませたまま逝かせてしまった俺の罪は消えない」

涼がそう答えると、高槻は、ふと口を閉ざし、深い沈黙ののち、静かな声で言った。

「――俺は、何もかも君のせいにしていたんだ。俊が苦しんでいたのも、俊が俺の想いに応えてくれなかったのも、俊が死んだのも。だが、俊が苦しんでいたのも、俊が俺の想いに応えられなかったのも、君のせいじゃない。俊が死んだのも――君のせいであったとしても、それは俺が恨むことじゃない。当の俊が君を恨んでいるのならまだしも」

何かに衝かれたように、涼の瞳が揺れた。

「……兄さんは、俺を恨んでいない？」

「俊は、君のためにならら何でもしてやるつもりだった。だから、自分の命と引き換えに君を救えたことは本望だったんじゃないか。君を恨んでもいないし、自分の取った行動を悔やんでもいないと思う」

「本当に？」

「ああ。俺の知っている俊は、そういう奴だった。ただ、一つだけ哀しんでいることがあるとするなら、それは、君が君でなくなってしまったことじゃないんだろうか」

「……」

「俊は、俺にそうであったように、君にも、自由に生きてほしかったんだと思うよ」

その時、涼の大きな瞳に涙が浮かんだ。

自分を縛りつけていた最後の枷が、外れたような気がした。

無理しなくていいんだよ。お前は、自分のために生きていいんだよ――そう言われたような気がした。

涼は、涙の溢れるままに任せ、声をたてずに泣いた。まるで、今までの苦しみと哀しみが、涙となって流れ落ちていくようだった。

「――君は、恋人もいなかったと言っていたよな」

涼の涙が止まるのを待って、高槻が言った。

「それも、俊を死なせてしまった罪悪感からだったのか？　誰かを愛したり、誰かに愛されたり、自分にはそんな資格はないと思っていたのか？」

「……」

「恋も、知らずにいたのか?」

高槻のその問いに、涼は少しだけ困ったように俯き、躊躇いがちに答えた。

「……一度だけなら」

「いつ?」

「大東新聞社の副社長と、Kホテルで初めて会った時」

高槻の顔に、純粋な驚きが浮かぶのがわかった。

だが、もう涼の心を縛るものは何もなかった。彼は、自分の心のままに語ってよかった。

「あの時——気難しそうなその人の顔が、ふっと笑顔になった時、どきっとしたんだ。それから、あなたの顔がまともに見られなくて——そんなふうになった人は初めてだった。なのに、その人は兄さんの恋人だったと言った。俺は、初恋と失恋を、一日のうちに経験してしまった」

自嘲するように涼は笑ってみせた。だが、彼をみつめる高槻の瞳は、笑ってはいなかった。

涼は、ふと笑顔を消した。

「——…もう一度、あなたに会うためにここに来たんだ」

「……」

「最後にもう一度だけ、あなたに会いたかった」

高槻は、ゆらりとソファーから立ち上がり、涼の前へ行った。

「……君こそ、俺を憎んでいないのか？」

「なぜ？」

「君にひどいことをした」

涼は、かぶりを振った。すると、高槻は、涼の頬に手を伸ばし、涙の跡を指でそっと拭った。高槻の手は、温かかった。

「……小切手を受け取らなかったと聞いた。俺は――君に何を返せばいい？」

自分の仕打ちを悔いているような、どこか苦しげな高槻の顔を、涼は静かにみつめ返した。

「……さっき海岸で、〝涼〟って呼んだね」

「ああ」

「もう一度、呼んでくれる？」

涼がそう言うと、高槻はその頬に手を置いたまま、「涼」と呼んだ。

「もう一度……」

「涼……」

涼は、ぎゅっと目蓋を閉じると、頬に置かれた高槻の手に自分の手を重ね、絞り出すような声で言った。

「……今だけ……今だけでいいから、俺を愛してて……兄さんの身代わりじゃなく、俺を……」

その瞬間、咬みつくように高槻の唇が重なった。

一瞬、涼は、眩暈を起こしそうになりながら、高槻の首にしがみつき、唇を開いた。挿し入れられた舌に自ら舌を絡ませ、貪るような口接けを返す。

自分がこれほど大胆で、攻撃的なキスができることを、涼は初めて知った。口接けを貪り合っているうちに、自分と高槻が本当に恋人同士であるかのような、二人が身も心も赦し合って一つに溶け合っていくような、そんな熱く狂おしい感覚にからめ取られ、すると、それに呼応するかのように二人の情欲に火がついた。

「……ベッドへ……」

高槻が囁くと、涼はますます強くその首にしがみついて、喘ぐような声で言った。

「いやッ、ここで――…」

呼吸は、膨れ上がる欲望に切迫している。

涼は、一刻も早く高槻と一つになりたかった。

高槻の腕が、引きさらうように涼の躰をソファーに倒した。なおも口接けを繰り返しながら、もどかしげに互いの服を剥ぎ取り、ようやく高槻の体温を直接素肌に感じられた時、涼は、泣き出したいほどの歓喜に、理性もはじらいもかなぐり捨て、抱き合ったままソファーの上で躰を反転させると、下になった高槻の膝の上に馬乗りになった。

上体を前に倒して、無駄な肉の一つもない高槻の引き締まった胸から下腹へと唇を落としていき、すでに屹立している欲望を捉えて、夢中で舐めしゃぶった。涼の心臓は、熱い期待に狂ったように脈打っていた。

やがて、涼は、高槻の上に跨がったまま、腰を浮かせ、充分に潤い、硬化したその情熱を繋ぐべき場所に導いた。

「……うん…っ ――…あ…ぁ ――…」

先端が潜り入ると、啜り泣くような声を洩らしながら、ゆっくりと腰を沈めていく。狭い路《みち》を押し拡げて、中へと入っていく鉄のように硬く熱い肉塊を、目の眩むような歓喜とともに知覚する。すべてを呑み込み終えた時、涼は、はあはあと息を弾ませながら、体内をいっぱいに満たす愛しい男の存在を恍惚と咬みしめた。咬みしめながら、ゆるやかに腰を動かし始めた。

窓からは、真昼の明るい陽光が射し込んでいる。

この露骨な行為の一部始終に、あられもない狂態の一つ一つに、高槻の視線が注がれている。全身が燃え立つほどの羞恥を感じながら、涼は己の狂奔を止めることができなかった。高槻の視線を感じれば感じるほど、羞恥は倒錯的な喜悦と興奮を生み、ますます淫らに腰が揺れ、甘く酔い痴れた声がこぼれた。

もっと高槻の視線に犯されたかった。淫らな自分を、有りのままの自分を、そして、高槻をこれほどまで欲していた自分を——。

「——…して……俺を……」

乱れた呼吸と切ない喘ぎに乗せ、悲鳴のように涼は言った。

「……今だけ…っ…俺を愛して……有りのままの俺を…愛してよ…っ……」

不意に高槻が上体を起こし、繋がったままの涼の躰を腰に腕を廻して、ぐいっと胸に引きつけた。

「……わかったよ。なぜ、あの絵にあんな色を入れたのか」

「え……？」

「あれは君の色だ……激しい君の——君の悲鳴だったんだ……愛してくれ、と——…」

高槻は、にわかに主導権を奪い取り、向かい合った姿勢のまま、涼に攻撃を仕かけてきた。

涼は悲鳴をあげ、項垂れていた首を跳ね上げるようにして後ろに反らした。

「あッ…あッ…あぁッ…」

高槻の首にしがみつき、下からの激しい律動に合わせ、その情熱を絞り取ろうとするかのように、自らも腰を振り立てる。

「……もっと…あぁッ、もっと愛して…っ…もっと——…」

「涼……」

仰け反る耳許に、高槻が囁いた。

「涼……愛してる――……」

「あ……」

うっとりと開かれた唇は、言葉を洩らす前に塞がれた。

口接けはすぐに貪り合うような激しさを増していき、高槻とまったく一つのものになってしまったかのように繋がって狂おしく揺れ合いながら、涼はいつしか泣いていた。

それは、肉体の歓喜に心が昂っているせいなのか、それとも、胸に広がる幸福感のせいなのか。

いずれにせよ、とめどなく瞳から溢れるものが、哀しみの涙でも、苦痛の涙でもないことだけは確かだった。

おそらく彼は、身も心も、それまで味わったことのない悦びの中にいた。

愛してる――かつて、信じることのできなかった、その言葉で。


ふと目を開くと、辺りは薄暗かった。

どれぐらい眠っていたのだろう。陽は、すっかり西に傾いていた。

涼は、知らぬ間にかけられていた毛布で裸身をくるみながら、ソファーから起き上がった。彼の着ていた洋服が、L字型に置かれたソファーの端に置いてあった。情欲の昂進に負けて、荒々しく床に脱ぎ捨てたそれを、高槻が拾ってくれたのかと思うと、頬が赤らむ気がした。

だが、その高槻の姿はなかった。

涼は、覚束《おぼつか》ない足でソファーから立ち上がり、ぐるりと部屋の中を見回した。辺りは静まり返っていた。二階に行く階段をみつけ、毛布で躰をくるんだまま登っていくと、わずかに開いたドアの隙間から明かりの洩れている部屋があった。涼は、そっとドアを開けて中に入った。そこは、高槻が寝室にしている部屋だった。八畳ほどのスペースに、セミダブルのベッドが置かれていた。だが、雑然としていた一階とは対照的に、室内はきちんと片づけられていた。いや、片づける必要がないほどに何もなかった。

それだけで涼は、高槻がもうそれほど長くここには――日本にはいないことを察した。殺風景な室内に、仮の住まいでしかなかったあのマンションを思い出したからだ。

ふと、部屋の奥に絵が置いてあるのに気づいた。

涼は、更に部屋の中へと入っていき、壁に立てかけられた絵の前に立った。絵は二枚あった。一枚は、かつてマンションのアトリエで見た、光の中でうずくまって眠る子供の絵だった。そして、もう一枚は、兄の絵だった。だが――、

涼は首を傾げた。確かに、その寂しげな横顔は兄であるはずなのに、どことなく違和感を覚えた。

なぜだろう。以前に見た、高槻が昔に描いた兄の絵と印象が違って見える――。

と、その時、

「――どうした？」

突然、背後からかけられた声に、涼は、びくっとして振り返った。シャワーを浴びた後らしい、仄かに石鹸の匂いを漂わせながら高槻が立っていた。

涼は、高槻を見上げて、ちょっと決まりの悪そうな笑みを浮かべ、絵に向き直った。

「兄さんの絵、描けたんだ？」

「え？　……ああ」

「俺って、少しは役に立った？」

「ああ。この絵が描けたのは君のおかげだ」

高槻は、そう答えた後、何かを思うふうに沈黙を置き、そして、微かな独り言のように呟いた。

「……君がいなければ描けなかった。俊への恋は、とうに終わっていたから」

涼は、きょとんとした顔で高槻を振り返った。

「終わって、いた？」

「そう、終わっていたんだ。俊の絵が描けなくなった時に、すでに。俺はそれに気づいていなかった。いや、気づいていたけど、認めたくなかった」

高槻の瞳は、兄の絵にじっと向けられていた。涼は、この思いがけない高槻の告白を、どう受け止めていいかわからなかった。

「……なぜ？」

「俊への想いが、俺に絵を描かせていたから。俊を愛せなくなったら、俺は絵が描けなくなってしまう。そんな気がして怖かった。……ここ何年も、金のためにしか描けなくなっていた。心のない絵だ。もう一度、俊と出会った時のような衝動が欲しかった。描きたくて、描きたくて堪らない、そんな気持ちを取り戻したかった」

「……それが、日本に戻ってきた本当の理由――」

涼の呟きに、高槻は「ああ」と頷いた。

「もう一度、俊と会い、俊を愛せれば、絵への情熱も取り戻せると思った。俊を愛していたんじゃない。俊を愛していたかったんだ。君を憎み、傷つけたのもそのためだ。俊を苦しめ、揚げ句に俊を死なせてしまった君を憎むことで、俊の身代わりにすることで、俺は、今でも俊を愛しているんだと思い込もうとしていた……」

涼は、絵に視線を戻した。

それが、兄を愛すること、兄の絵を描くことに固執していた理由――。マンションのアトリエにあった絵の、どれにも使われていた淡いブルーは、兄への想いを取り戻すための色だった。

「そうして俺は、君を犠牲《いけにえ》にして、俊への想いを取り戻し、絵への情熱を取り戻し、再び俊を描くことができた。できたと思っていた。だが、違った。描いていたのは——君だった」

その瞬間、涼の息は止まった。見開かれた瞳は、二枚の絵に向けられたまま、後ろを振り返ることができなかった。高槻は告白を続けた。

「先に子供の絵を描いた。俺は気づいていなかった。その子供が、いつもうずくまって眠る君からイメージしたものだと。そして、俊の絵を——そう、俊の絵を描いたつもりだった。それが、子供に使った色と同じ色を使っていた。俊には、決して使わなかった色だ」

涼は、凝然と二枚の絵を見た。

子供を包み込む光と、兄の背景には、揺らめく炎のような、夕映えのような、淡紅色が使われていた。溢れる激情とも思える赤。涼の記憶の中の兄には、そぐわない色。違和感の正体——。

「君の色だ。君の激情、君の悲鳴——それがこの色だ」

「……」

「君を残してここに来て、毎日、海を見ながら思うことは、俊のことではなく、君のことだった。それで、俺はようやく知った。あの部屋で、俺が描いていたのは、愛していたのは、俊ではなく、君だったと——」

涼は、小さく震えながら、ようやく後ろを振り仰ぐことができた。高槻の、優しく、真摯な眼差しがそこにあった。

「──愛してる」

高槻は言った。

「君が、俺を追いかけてきてくれるとは思わなかった」

涼は、これが夢でも幻でもないことを確かめようとするかのように、見開かれた瞳で、まじろぎもせず、高槻をみつめた。

「……じゃあ──じゃあ、さっきのあれは──」

涼が何を言おうとしているのか察した高槻は、ふっと苦笑いを浮かべ、首を横に振った。

「俺は、『今だけ』と言った覚えはないんだけど」

「……」

「……一緒にロンドンに来てくれないか？」

高槻の声は、どこまでも優しかった。

答える代わりに涼は、静かに躰ごと振り返ると、高槻の肩に頭を預けた。高槻の腕が、彼の肩をそっと抱いた。

「……俺でいいの？」

涼は、ぽつんと呟いた。

「兄さんじゃなくても……？」

高槻は、首を縦に振った。

「君を描きたいんだ。甘えたがりで、寂しがり屋で、子供のような君を」

眠るように閉ざされた涼の瞳から、一条の涙がこぼれ落ちた。

光の中でうずくまる子供。彼が夢見る母親の胎内は、彼を守り、愛するぬくもり。傷つきながら、苦しみながら、子供はもう一度そのぬくもりに包まれる時を願う。

高槻の描いた、それは愛に飢えた涼の心。

永い苦しみと、哀しみの末に今、ようやく涼はその至福の時に辿り着いた。

＊

花束は、まだそこに亡き人の想いがとどまっているかのように波の上をゆらゆらと漂っていた。

「……兄さんは、なぜ俺なんかを愛してしまったんだろう」

波打ち際に立って、兄に手向《たむ》けた花束をぼんやりとみつめながら、涼は誰にともなく呟いた。すると、その独り言めいた問いかけに、高槻がぽつりと返した。

「聞こえたんだよ」

涼は、後ろを振り返った。

「きっと聞こえたんだ、俊には。愛してくれ――って、君の悲鳴が」

そう答えた高槻の瞳は、兄の逝った海を静かにみつめていた。

悲鳴……誰からも愛されず、必要とされず、独りぼっちだった弟の悲鳴……。

兄には聞こえていた。届いていた。だから、俺を愛してくれたのか。肉親としてではなく、持っている愛のすべてを俺に捧げようとしてくれたのか。

「……あなたも、聞こえたの？」

涼は、ふと高槻に問うた。すると、高槻は、静かな笑みを返しながら、小さく首を傾げた。

「……そうだな。聞こえたのかもな」

涼は、黙ったまま高槻の笑顔をみつめ、くるりと躰を翻すと、その首にそっと腕を廻して、しがみついた。

「どうした？　俊が妬くぞ」

高槻が苦笑する。だが、その腕が優しく背中を抱くの感じ、涼は、なんだか泣きたくなった。

そうして、少しの間、彼らは何も言わず、波の音を聞きながら、抱き合っていた。

「――行こうか」

やがて、高槻が言った。涼は素直に頷き、躰を離すと、高槻と並んでゆっくりと歩き出した。

「――健史君には、会っていかなくていいのか？」

高槻が尋ねた。涼は、小さく「うん」と答えた。

「顔を見たら、何から話していいか、わからなくなりそうだから」

「そう」

「だから、手紙を書くよ。ロンドンに着いたら」

そして、伝えよう。ありがとう、と――。

こんな自分を、「兄さん」と呼んでくれたことを。好きだと言ってくれたことを。

そう、兄も、健史も、俺を愛してくれていた。俺は、決して独りぼっちなんかじゃなかった。なのに、俺は固く心を閉ざして、何も見えなくなっていた。何も聞こえなくなっていた。

心を開けば、光はすぐそこにあったのに。

その時、涼は、兄に、まだ「ありがとう」と言っていなかったことに気がついた。助けてくれたことを恨むばかりで、一度も感謝したことがなかった。

涼にとって、生きることは、ずっと、つらく、哀しいだけだった。自分だけが苦海に取り残されたようで、命があることを喜ぶことができなかった。

だが、今は、こうして生きていることが幸せだと思える。

——ありがとう、兄さん……。

心の中でそう呟いた時だった。風がふっと涼の頬を撫でていった。

涼は、足を止め、後ろを振り返った。

海は陽の光を反射してキラキラと輝き、波に漂っていたはずの花束は、いつの間にか見えなくなっていた。

END

■あとがき■

こんにちは、河野 葵です。

ショコラから、ついに三冊目のノベルスです。しかも、『ショコラノベルス・ハイパー』。

担当様から、「『ハイパー』をやりませんか？」と、お話を頂いた時、「『ハイパー』と聞くと、『モジモジ君HYPER』が浮かぶんですけど？」と言ったら、「それは違います」と一蹴された『ハイパー』。

どうやら、『ショコラノベルス』より、H度が高いらしい『ハイパー』。

河野は、この堅苦しい文体のせいか、アダルトなものを要求されます。『ハイパー』でも、アダルト・Hを期待されたのだと思いますが、別に河野は、『アダルト』路線を目指してのこの文体なのではないので（ただ単に砕けた調子の文章が書けないだけです）、「アダルトなお話を」と言われても、どうもピンと来ません。取り敢えず、登場人物が大人なら『アダルト』の範疇とされるのかと思い、今回のお話では、攻・受とも社会人にしてみました。が、出来上がってみれば、主人公の凉は、まるで子供。最初、彼はもっと大人っぽい青年に設定していたのですが、それだと、どうも河野のや◯い魂が燃えず、話が遅々として進まないので、愛に飢えた〈子供のような〉青年に変更したのです。

すると、見る見る彼が話を引っ張っていってくれました。

どうやら河野は、完成された大人より、いろんな可能性を秘めている、まだ未完成の少年とか、大人になりきれない、どこか欠落している人間を書くほうが楽しいみたいです。

そんなわけで、今回、『アダルト』には到達できませんでした。河野に、『アダルト』を期待されていた方には、ごめんなさい。でも、いろんな意味で、いい勉強になりました。

それから、一つご報告。同人誌活動を再開しました。イベントは、『Ｈｕｍｐｔｙ Ｄｕｍｐｔｙ（ハンプティ・ダンプティ）』で参加しています。ショコラでお仕事をするようになってから、同人誌をやるのは無理だと思っていたのですが（何せ書くのが遅いので）、少し自分を鍛えようかと思います。今頃……。

さて、今回、素敵なイラストを描いてくださいました小路龍流様、どうもありがとうございました。なにげに関谷がお気に入りです。もっと出せばよかったと悔やんでみたり。

担当様にも、いろいろとお世話になりました。最後の最後まで原稿に手を入れ続け、赤字、差し替えだらけで申し訳ありません。

そして、最後になりましたが、この本を読んでくださった皆様に、心より感謝を申し上げます。

河野 葵

この本を読んでのご意見、ご感想をお寄せ下さい。
作者やイラストレーターへのお手紙もお待ちしております。

あて先

〒171-0021　東京都豊島区西池袋3-25-11 第八志野ビル5階
（株）心交社　ショコラノベルス編集部

サクリファイス—犠牲—

2002年5月20日 第1刷

著　者：河野 葵
発行人：林 宗宏
発行所：株式会社　心交社
〒171-0021 東京都豊島区西池袋3-25-11
第八志野ビル5階
（編集）03-3980-6337（営業）03-3959-6169
http://www.shinko-sha.co.jp/
印刷所：図書印刷 株式会社